Jardin des herbes aromatiques
Bureau du recteur
Tour du Nord
Réfectoire
Amphithéâtre
Escalier des Cartes de Géographie
TOPFORD
RAXFORD
D0809746

Bienvenue
dans le monde des

Ce livre

appartient à:

Salut, c'est Téa !

Oui, Téa Stilton, la sœur de *Geronimo Stilton !* Je suis envoyée spéciale de *l'Écho du rongeur*, le journal le plus célèbre de l'île des Souris. J'adore les voyages et l'aventure, et j'aime rencontrer des gens du monde entier !

C'est à Raxford, le collège dont je suis diplômée et où l'on m'a invitée à donner des cours, que j'ai rencontré cinq filles très spéciales : Colette, Nicky, Paméla, Paulina et Violet. Dès le premier instant, elles se sont liées d'une véritable amitié. Et elles ont tant d'affection pour moi qu'elles ont décidé de baptiser leur groupe de mon nom : Téa Sisters (en anglais, cela signifie les « Sœurs Téa ») ! Ce fut une grande émotion pour moi. Et c'est pour ça que j'ai décidé de raconter leurs aventures. Les assourissantes aventures des…

TÉA SISTERS !

Nicky

Prénom : Nicky
Surnom : Nic
Origine : Océanie (Australie)
Rêve : s'occuper d'écologie !
Passions : les grands espaces et la nature !
Qualités : elle est toujours de bonne humeur... Il suffit qu'elle soit en plein air !
Défauts : elle ne tient pas en place !
Secret : elle est claustrophobe, elle ne supporte pas d'être dans un espace clos !

Colette

Prénom : Colette

Surnom : Coco

Origine : Europe (France)

Rêve : elle fait très attention à son look. D'ailleurs, son grand rêve, c'est de devenir journaliste de mode !

Passions : elle a une vraie passion pour la couleur rose !

Qualités : elle est très entreprenante et aime aider les autres !

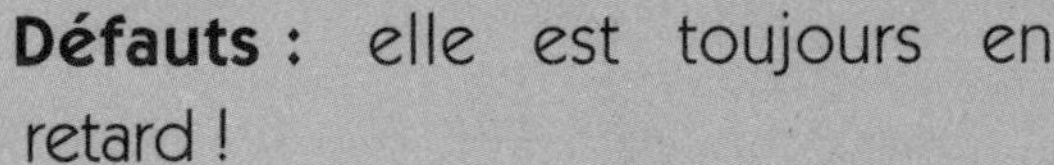

Défauts : elle est toujours en retard !

Secret : pour se détendre, il lui suffit de se faire un shampoing et un brushing, ou bien d'aller passer un moment chez la manucure !

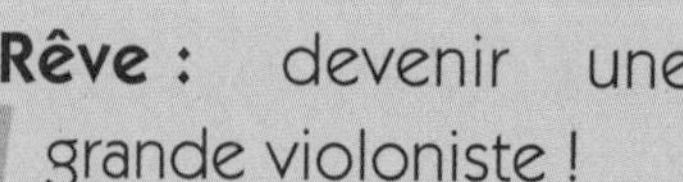

Prénom : Violet
Surnom : Vivi
Origine : Asie (Chine)

Rêve : devenir une grande violoniste !

Passions : étudier. C'est une véritable intellectuelle !

Qualités : elle est très précise et aime toujours découvrir de nouvelles choses.

Défauts : elle est un peu susceptible et ne supporte pas qu'on se moque d'elle. Quand elle n'a pas assez dormi, elle n'arrive plus à se concentrer !

Secret : pour se détendre, elle écoute de la musique classique et boit du thé vert parfumé aux fruits.

Paulina

Prénom : Paulina
Surnom : Pilla
Origine : Amérique du Sud (Pérou)
Rêve : devenir scientifique !
Passions : elle aime voyager et rencontrer des gens de tous les pays. Elle adore sa petite sœur Maria.
Qualités : elle est très altruiste !
Défauts : elle est un peu timide… et un peu brouillonne.
Secret : les ordinateurs n'ont pas de secret pour elle. Elle est capable de résoudre des énigmes très compliquées en récoltant mille informations sur internet !

Paméla

Prénom : Paméla
Surnom : Pam
Origine : Afrique (Tanzanie)
Rêve : devenir journaliste sportive ou mécanicienne automobile !
Passions : la pizza, la pizza et encore la pizza ! Elle en mangerait même au petit déjeuner !
Qualités : elle a beau avoir des manières un peu brusques, elle est la pacifiste du groupe ! Elle ne supporte ni les disputes ni les discussions.
Défauts : elle est très impulsive !
Secret : donnez-lui un tournevis et une clef anglaise, et elle résoudra tous vos problèmes de mécanique !

VEUX-TU ÊTRE UNE TÉA SISTER ?

ÉCRIS ICI TON PRÉNOM !

Prénom : __________

Surnom : __________

Origine : ________________________

Rêve : ___________________

____

____

Passions : __________________________

Qualités : __________________________

____

Défauts : __________________________

Secret : ___________________________

____

COLLE ICI
TA PHOTO !

Ce livre est dédicacé à Sara,
nouvelle et courageuse Téa Sister

Texte de Téa Stilton.
Coordination de Lorenza Bernardi *et* Patricia Puricelli.
Avec la collaboration de Serena Bellani.

Édition de la Baleine Rouge de Katja Centomo *et* Francesco Artibani.
Direction éditoriale de Katja Centomo.
Coordination éditoriale de Flavia Barelli *et* Mariantonia Cambareri.
Supervision du texte de Caterina Mognato.
Sujet de Francesco Artibani.
Supervision artistique de Alessandra Dottori.
Graphisme de référence de Manuela Razzi.
Illustrations de Alessandro Battan, Fabio Bono, Sergio Cabella, Barbara di Muzio, Paolo Ferrante, Marco Meloni, Manuela Razzi *et* Arianna Rea.
Couleurs de Fabio Bonechi, Ketty Formaggio, Daniela Geremia, Donatella Melochionno *et* Micaela Tangorra.
Graphisme de Laura Zuccotti *et* Paola Cantoni.
Avec la collaboration de Michela Battaglin.
Traduction de Lilli Plumedesouris

www.geronimostilton.com

Pour l'édition originale :
© 2006 Edizioni Piemme S.P.A. – Galeotto del Carretto – 15033 Casale Monferrato (AL) – Italie
sous le titre *La città Segreta*
Pour l'édition française :
© 2008 Albin Michel Jeunesse – 22, rue Huyghens – 75014 Paris – www.albin-michel.fr
Loi 49 956 du 16 juillet 1949 sur les publications destinées à la jeunesse
Dépôt légal : premier semestre 2008
N° d'édition : 18010/4
ISBN-13 : 978 2 226 18009 4
Imprimé en Italie par Deaprinting en Juillet 2009

Téa Stilton

LA CITÉ SECRÈTE

ALBIN MICHEL JEUNESSE

Salut les amis !

VOUS AUSSI, VOUS VOULEZ AIDER LES TÉA SISTERS À RÉSOUDRE LE MYSTÈRE DE LA CITÉ SECRÈTE ?
CE N'EST PAS DIFFICILE. IL SUFFIT DE SUIVRE MES INDICATIONS !
QUAND VOUS VERREZ CETTE LOUPE, SOYEZ TRÈS ATTENTIFS : CELA SIGNIFIE QU'UN INDICE IMPORTANT EST DISSIMULÉ DANS LA PAGE.
DE TEMPS EN TEMPS, NOUS FERONS LE POINT, DE MANIÈRE À NE RIEN OUBLIER.
ALORS, VOUS ÊTES PRÊTS ?
LE MYSTÈRE VOUS ATTEND !

LE MESSAGE INTERROMPU

Je venais tout juste de rentrer d'une excursion FANTASTIQUE dans le **PARC NATIONAL** de l'Île des Souris. Trois jours de marche et de découverte qui m'avaient menée jusque sur les rives du Lac Lac.

Une randonnée intense, aventureuse et épuisante !

Bref : le genre d'excursion que je préfère.

LE PARC NATIONAL DE L'ÎLE DES SOURIS

J'étais vraiment en miettes !

Je laissai mon sac à dos dans l'entrée, me traînai jusqu'au canapé dans le séjour et m'y allongeai, HEUREUSE d'être chez moi.

Je m'aperçus que le voyant du répondeur clignotait.

Je rassemblai les quelques forces qui me restaient pour appuyer sur le BOUTON et écouter les messages enregistrés.

PREMIER MESSAGE :

– Salut, Téa ! Je voulais te demander, pour ton catamaran, si… Oh, j'oubliais que tu es partie en randonnée ! CLIC !

La voix était celle de mon amie Arsénia Arsénika. Nous nous étions rencontrées à un stage de survie.

DEUXIÈME MESSAGE :

– Téa, c'est moi ! Arsénia ! Tu te souviens du guide de montagne qui… Nom d'une mimolette, mais tu es encore en randonnée ? CLIC !

TROISIÈME MESSAGE :

– Allô, Téa ? Je t'appelais pour savoir si tu pouvais me prêter ta combinaison de plongée pour… Ah, c'est vrai que tu es en toujours en randonnée ! **CLIC !**

Le quatrième, le cinquième et le sixième message étaient encore d'Arsénia :

– Dis donc, Téa ! Mais quand vas-tu te décider à rentrer ? **CLIC !**

Mais au septième message, je fis un **BOND** sur mon canapé :

– C'est PAULINA. Je suis à Cuzco…

J'ai besoin de… **CLIC !**

La cassette du répondeur était pleine, et la phrase de Paulina avait été coupée en plein milieu.

Que faisait donc Paulina à Cuzco, au **PÉROU ?**

Pourquoi n'était-elle pas au Collège avec les autres **Téa Sisters** ?

J'en avais les pattes qui grésillaient tellement j'avais envie de me précipiter à l'Île des Baleines, où se trouve le Collège de Raxford.

J'avoue que je les *aime beaucoup*, ces cinq filles.

J'ai fait la connaissance de Paulina, Violet, Paméla, Colette et Nicky au Collège, pendant un cours de journalisme d'**AVENTURE**, et c'est comme si je les avais « adoptées ». Disons que je me sens comme leur sœur aînée…

Tandis que je réfléchissais, mon regard se posa sur mon ordinateur portable resté sur le bureau.

Paméla PAULINA Colette Violet Nicky

VOICI MES AMIES LES TÉA SISTERS !

Dans ma tête, une petite lampe s'alluma !

– Mais bien sûr ! Paulina se sert toujours de son ORDINATEUR pour envoyer des messages urgents !

Je consultai immédiatement mon COURRIER ELECTRONIQUE.

Mon intuition était juste : Paulina m'avait envoyé un long message, avec une pièce jointe encore plus looongue.

Et savez-vous ce qu'il contenait ? Le récit des dernières et incroyables aventures des Téa Sisters en Amérique du Sud, dans le lointain **PÉROU !** Le courriel était accompagné de très

LES MOTS DE L'ORDINATEUR !

Internet : le réseau mondial, fait d'une multitude de réseaux, grands ou petits, connectés les uns aux autres à travers les lignes du téléphone.

Courriel : ou *e-mail*, autrement dit « courrier électronique ». La connexion téléphonique au réseau de l'Internet permet d'envoyer des messages d'un ordinateur à un autre, dans le monde entier et en très peu de temps.

Pièce jointe : document ajouté à un courriel. Il peut contenir des photos, de la musique, de la vidéo, des textes et d'autres choses encore.

jolies photographies. Et pas seulement ! Des haut-parleurs de l'ordinateur m'arrivait la MUSIQUE typique des bergers des Andes.

QUELLE MERVEILLE ! C'était comme la musique d'un film, et je m'imaginais là-bas, de l'autre côté de l'OCÉAN, avec mes chères amies. Car elles étaient là-bas toutes les cinq, les Téa Sisters !

Le récit de Paulina était vraiment le matériau parfait pour un nouveau livre. On aurait pu l'inti-tuler : **La Cité Secrète !**

Tout commença sur l'Île des Baleines, par une chaude matinée de printemps...

TOUT COMMENÇA AINSI…

Avec ce SOLEIL à pic, le printemps ressemblait de plus en plus à l'été. On aurait dit qu'il n'y avait plus un seul coin d'ombre sur toute l'Île des Baleines.

Les Téa Sisters étaient, depuis plusieurs heures, postées dans la FORÊT DES FAUCONS.

Violet, Paulina et Colette étaient perchées sur un piton de rocher, armées de caméras vidéo et de jumelles.

Nicky et Paméla, elles, étaient à califourchon sur les branches d'un **CHÊNE** séculaire : la première avec un appareil photo prêt ; la seconde pointant un gros micro, assez puissant pour capter le moindre petit *piaillement*. L'objet de leur

attention était un petit creux entre deux rochers, le long d'une paroi du **MONT ÉBOULEUX**. Un couple de faucons pèlerins y avait fait son nid.

Les Téa Sisters voulaient immortaliser le moment où les œufs allaient éclore. Un vrai **SCOOP** pour le journal du Collège !

Si elles réussissaient, leur reportage sur les rapaces aurait certainement la note *maximum*.

Pas facile de s'approcher d'un NID de faucons !

LES MOTS DU JOURNALISME !

Reportage : article de journal ou émission, réalisé après une enquête approfondie.

Scoop : « coup » de journalisme, quand un journal est le premier à donner une information très importante.

LE JOURNAL DE RAXFORD

photographiés de près

Les nouveaux résidents

de la Forêt des Faucon

Les photos exclusives des petits dans le nid.

EN EXCLUSIVITÉ

INTERVIEW

Violet fit un signe, les yeux toujours collés aux jumelles. C'était le signal avertissant que quelque chose bougeait dans le nid. Les filles retinrent leur souffle.

LE MOMENT TANT ATTENDU ÉTAIT PEUT-ÊTRE ENFIN ARRIVÉ !

DRIIIIIIING ! ! !

Mais à cet instant précis...
Le téléphone mobile de Paulina se mit à sonner !
De surprise, Paméla faillit tomber de l'arbre. Du creux entre les rochers sortit un cri strident et menaçant.

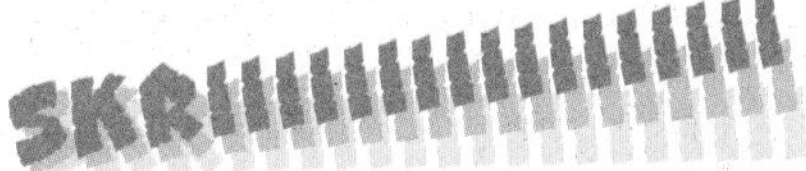

La maman faucon s'était aperçue de leur présence !
Adieu le scoop !
Mieux valait se sauver à toutes PATTES :
la maman faucon était très en COLÈRE !

DRIIIIIIING !!!

Mais Violet s'aperçut que Paulina était restée là-bas et continuait de parler sur son portable. Alors, elle revint EN ARRIÈRE et l'entraîna avec elle, en la sermonnant :

– Crois-tu que ce soit le moment de bavarder ?

Mais elle arrêta ses reproches quand elle s'aperçut que les grands YEUX NOIRS de Paulina étaient remplis de larmes.

PLUS QUE DES AMIES !

Aussitôt rentrée au **COLLÈGE**, Paulina se rendit dans le bureau du *recteur*, Octave Encyclopédique de Ratis. Elle lui expliqua la situation et demanda l'autorisation de quitter immédiatement l'*Île des Baleines*.

Le recteur n'hésita pas un instant et accorda à Paulina l'autorisation de partir.

Mais pourquoi était-elle si ***PRESSÉE***, Paulina, de quitter le Collège ?

Violet, Paméla, Nicky et Colette l'attendaient à la porte du bureau du recteur.

– PAULINA, NOUS SOMMES PLUS QUE DES AMIES, NOUS SOMMES DES SŒURS ! Confie-toi à nous et raconte-nous ce qui s'est passé ! l'exhorta Nicky.

– C'est vrai ! Entre les Téa Sisters, il n'y a pas de *secret*, et il n'y en aura jamais ! insista Violet.

PLUS QUE DES AMIES, DES SŒURS !

– Si tu as un problème… si tu as besoin d'aide… dit Colette.

– Nous devons savoir ce qui se passe ! Tu ne veux pas nous laisser dans l'inquiétude, n'est-ce pas ? s'exclama Paméla.

Paulina était TOUCHÉE de toutes les attentions de ses amies.

– Vous avez raison. Je vous expliquerai tout pendant que je préparerai ma valise !

– TU PARS ? ! demandèrent les autres filles en chœur.

– Il faut que je rentre d'urgence au Pérou ! expliqua Paulina. C'était ma petite sœur Maria qui m'appelait. Un de nos amis court un très grand danger !

– Alors, pas besoin d'explications ! coupa Nicky. Tu nous raconteras ça pendant le voyage. Nous n'allons certainement pas te laisser partir là-bas toute seule !

– Vous viendriez au Pérou avec moi ? ! s'exclama Paulina, *tout émue*.

Mais ses amies avaient déjà disparu en courant pour faire leur valise !

AMÉRIQUE DU SUD

Le nom d'« Amérique » vient de celui de l'explorateur italien Amerigo Vespucci, qui fut un des premiers (1499-1502) à explorer la côte de l'Amérique du Sud.

QUELQUES CHIFFRES
La Cordillère des Andes est la chaîne de montagnes la plus longue du monde : elle s'étend sur plus de 7000 kilomètres.
Le lac Titicaca, le lac le plus haut du monde, se trouve à 3812 mètres.

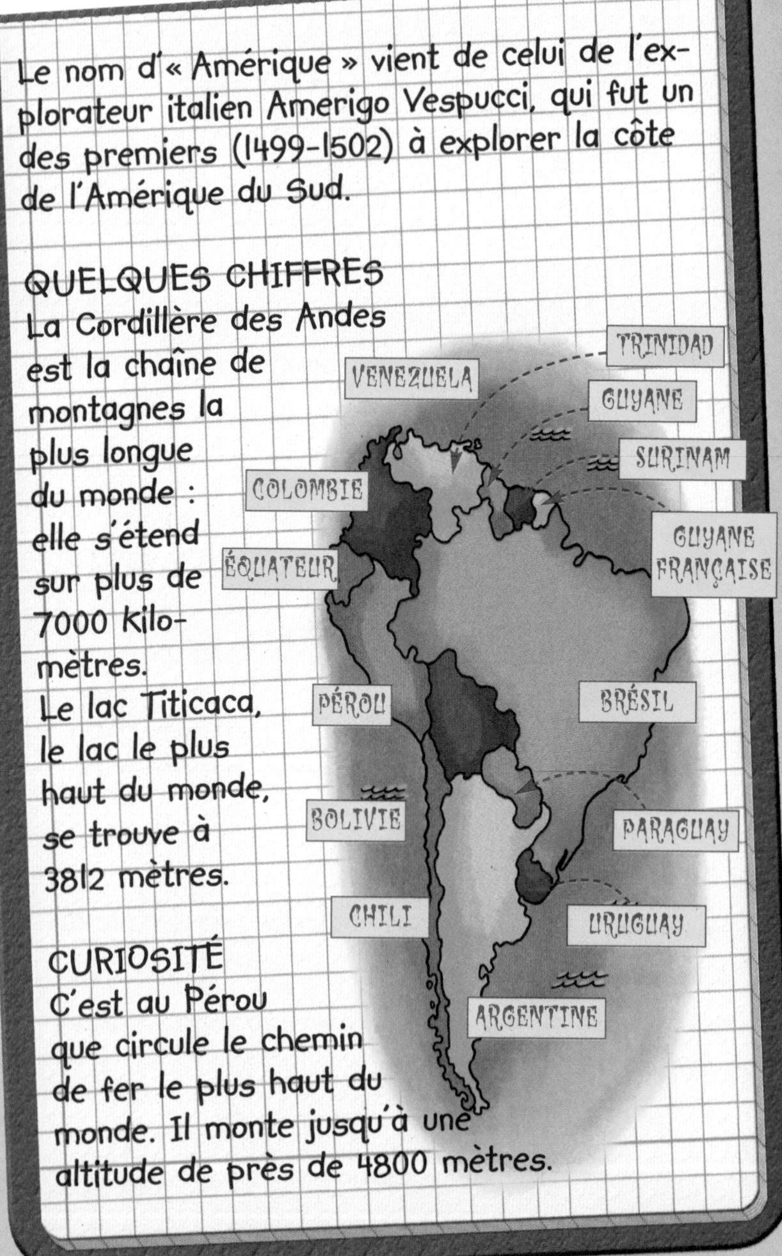

CURIOSITÉ
C'est au Pérou que circule le chemin de fer le plus haut du monde. Il monte jusqu'à une altitude de près de 4800 mètres.

UN RONGEUR SPÉCIAL !

Avant de prendre l'avion à Port-Souris, il fallait cependant traverser jusqu'à l'Île des Souris. Ç'avait été à un **poil de moustache** près, mais elles étaient arrivées à l'aéroport à temps. Tout le mérite en revenait à **HIPPOLYTE RONDOUILLARD**, dit Bonace. Son bateau de pêche avait PULVÉRISÉ tous les **RECORDS** de traversée entre l'Île des Baleines et l'Île des Souris !

Dans l'avion, les Téa Sisters étaient assises à des places voisines. Elles pouvaient enfin se détendre. Paulina commença son récit.

– Comme je vous l'ai dit, c'est ma petite sœur Maria qui m'a téléphoné. Excusez-moi, d'ailleurs, de ne pas avoir éteint mon portable pendant que nous faisions le guet. J'avais oublié.

– C'est une chance que tu ne l'aies pas éteint ! Sinon, tu serais encore dans le NOIR complet, commenta Nicky. Mais au fait, si tu éclairais notre lanterne ?

– Le professeur Quantayacapa... tenta d'expliquer Paulina. Son fils... il s'est perdu... et alors il est parti tout seul... mais il est en danger !

– Stop ! ordonna Paméla. Reprends tout à partir du début. Je n'y ai pas compris une croûte !

– Explique-nous d'abord qui est ce professeur, dit Violet.

Paulina sortit de sa poche une PHOTO qui montrait sa sœur Maria à l'âge de quatre ans. La petite fille était assise sur les genoux d'un vieux monsieur habillé en Père Noël.

– C’est lui sur la photo, le professeur Quantayacapa.

– Qui ça ? *Le Père Noël ?!* demanda Colette.

– Oui, celui qui est habillé en Père Noël. C’était un Noël très TRISTE : le premier après la disparition de mes parents. Mon oncle et ma tante, qui s’occupaient de nous, essayaient par tous les moyens de nous rendre heureuses, mais… personne n’arrivait à arracher même un SOURIRE à ma petite sœur Maria.

Et puis est arrivé le professeur Quantayacapa, un ami de la famille. Il était habillé en père Noël, conduisant une carriole avec des

clochettes partout ! Il nous emmena faire une promenade à travers toute la ville… et Maria retrouva le SOURIRE !

– Quel type *fantasouristique* ! commenta Paméla.

– Oui, c'est vraiment un rongeur SPÉCIAL. Maria l'aime beaucoup. Quand elle m'a téléphoné, elle en avait la voix qui tremblait !

– Mais qu'est-il arrivé au professeur ? demanda Violet.

– Le professeur et son fils Gonzalo sont des archéologues très reconnus ! Il semble que

Gonzalo ait **DISPARU** pendant une expédition. Des jours et des jours ont passé, et le professeur n'avait pas de nouvelles ! Alors il est parti à sa recherche dans les ANDES, malgré le temps affreux !

– *Tranquillise-toi*, Paulina ! la rassura Violet. Tu verras, il n'a rien dû lui arriver de grave. Nous le rejoindrons à temps… et nous l'aiderons à retrouver son fils !

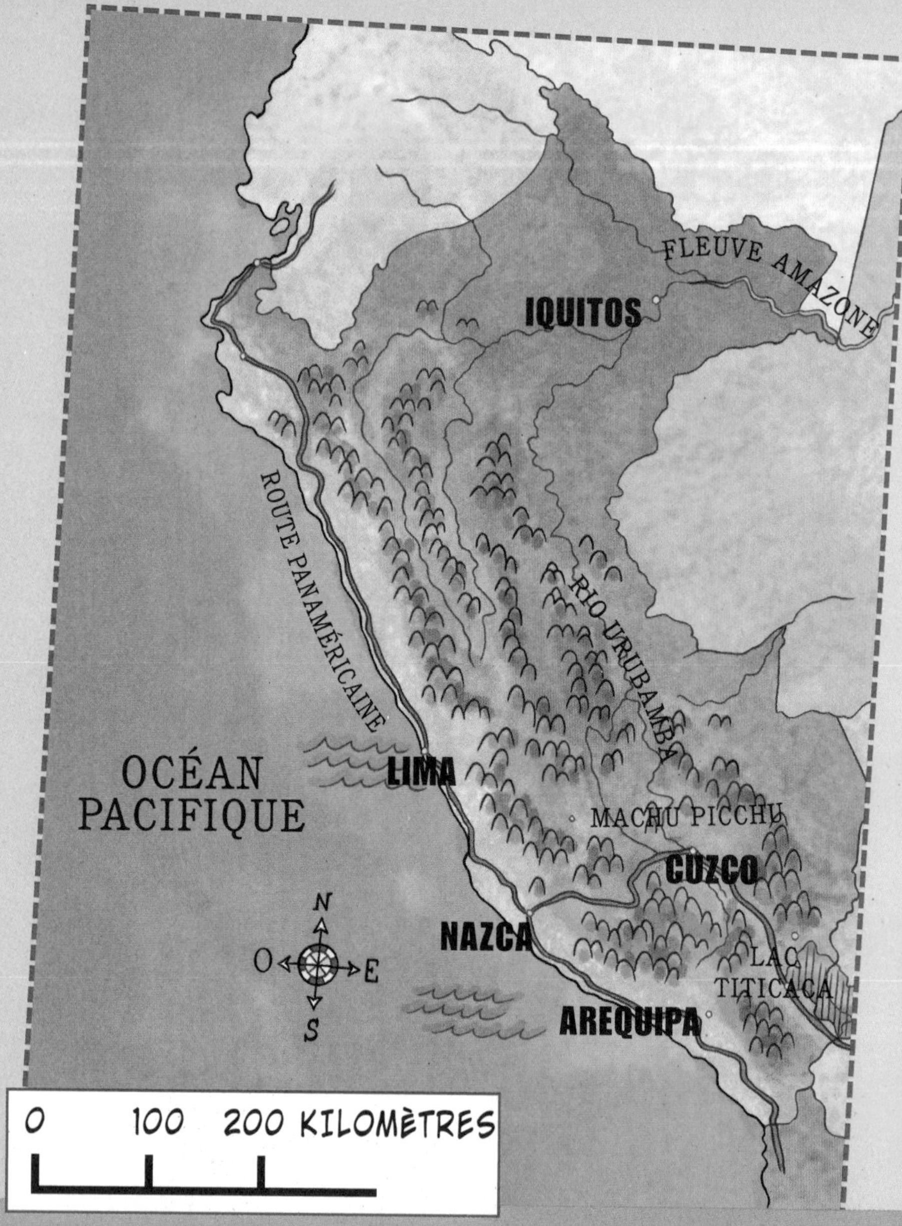

Dans les atlas et sur les cartes (comme celle qui est représentée ci-dessus), nous trouvons en bas un symbole qui permet de comprendre la grandeur réelle d'une zone géographique. Sur cette carte, par exemple, le graphique en bas à gauche indique que chaque centimètre sur la carte correspond à 100 kilomètres sur le terrain !

LE PÉROU !

Capitale : Lima.
Superficie : 1 285 220 kilomètres carrés.
Population : 27 949 630 habitants.
Habitants au kilomètre carré : 22.
Langue officielle : espagnol.
Autres langues indigènes : quechua et aymara.

Les premiers habitants du Pérou furent des chasseurs-cueilleurs nomades. Les traces les plus anciennes retrouvées remontent à environ 14 000 ans.
Les premières tribus à culture évoluée apparaissent dans la région de Chavìn, dans les Andes, vers 1200 avant J.-C.
Les Incas absorbèrent les cultures qui les avaient précédés pour n'en former qu'une seule, très originale, qui couvrait un territoire immense. Ils purent le faire grâce aux routes qu'ils construisirent, les fameux « chemins des Incas », qui reliaient les unes aux autres les régions les plus éloignées et jusque-là inaccessibles.

Les Incas arrivèrent les derniers, en 1438 après J.-C.
Ils soumirent les autres populations et formèrent un vaste empire qui comprenait le Pérou mais aussi l'actuelle Colombie, l'Équateur, la Bolivie et le Chili.
Francisco Pizarro fut le premier Européen à entrer au Pérou.
Le Pérou est resté colonie espagnole depuis 1532 jusqu'en 1821. C'est aujourd'hui une république dirigée, comme la France ou les États-Unis, par un Président de la République.

PETITE SŒUR !

Après un jour de voyage, les Téa Sisters, aux premières lueurs de l'aube, aperçurent la ville de CUZCO.

– Majestueux ! s'écria Colette (quand elle est émue, Colette se met à parler pointu).

– Oui, vraiment assourissant, approuva Violet, en regardant par le hublot.

Après l'atterrissage, les filles trouvèrent Maria qui les attendait à la descente de l'avion, accompagnée de l'oncle et la tante de Paulina.

– Sœurette ! entendirent-elles crier. Maria sautillait pour qu'on la voie. Puis elle courut vers Paulina pour l'embrasser. Il s'en fallut de peu qu'elles ne roulent toutes les deux par terre.

Paulina s'exclama :

– Par la queue du serpent à plumes ! Je n'arrive même plus à te soulever ! Mais de combien as-tu GRANDI ces derniers mois ?

– Trois centimètres et demi en hauteur et deux kilos de plus ! répondit Maria d'un air SATISFAIT. Ses yeux brillaient de joie.

Elle était heureuse de pouvoir embrasser de nouveau sa sœur, et fière qu'elle l'ait trouvée grandie.

Paulina présenta l'une après l'autre ses *amies* à Maria.

Entre la petite et les **Téa Sisters**, ce fut un coup de foudre d'amitié ! Les salutations terminées, toute la troupe quitta l'aéroport. Heureusement, l'oncle Pedro était venu avec son minibus. Ils purent donc y monter à **HUIT**, et charger tous les bagages (y compris

PETITE SŒUR !

les **QUATRE VALISES** roses de Colette !).

CUZCO !

264 000 habitants.
3 399 mètres au-dessus du niveau de la mer.
500 km au sud-est de la capitale, Lima.
Elle fut le siège du temple du Soleil et la capitale de l'empire Inca, jusqu'à l'arrivée des conquérants espagnols. Francisco Pizarro déplaça la capitale à Lima.
Outre les ruines de la période inca, la ville a conservé un grand nombre d'églises et de palais des XVIe et XVIIe siècles.
Cuzco est également le siège d'une importante et très ancienne université.

LA CATHÉDRALE DE CUZCO

ON A CONFIANCE EN TOI, MARIA !

Avant de quitter Raxford, Paulina s'était mise en contact par ORDINATEUR avec les SOURIS BLEUES.

« Les Souris Bleues » est le nom de l'association **écologiste** à laquelle Paulina et Nicky sont inscrites depuis des années.

Elle a des antennes dans le monde entier et les adhérents de l'association s'engagent à aider les autres membres en leur fournissant informations et assistance.

C'est ainsi qu'en très peu de temps, grâce aux amis de l'antenne péruvienne des Souris Bleues, les Téa Sisters avaient pu se procurer les

CARTES les plus récentes de la région dans laquelle s'était rendu le professeur Quantayacapa.

Tandis que Paulina vérifiait les derniers détails de l'EXPÉDITION, Maria restait collée à elle, incapable de la quitter.

– Je ne peux vraiment pas venir avec vous ? demanda la petite fille avec espoir.

– C'est trop risqué ! intervint l'oncle Pedro d'un ton alarmé. Les montagnes des ANDES sont une zone difficile et dangereuse !

Maria était déçue.

Paulina ouvrit alors son ordinateur portable et dit à sa sœur :

– J'ai une mission **TRÈS IMPORTANTE** à te confier.

Maria écarquilla les yeux et Paulina continua :

– Je sais que je peux te faire confiance ! Grâce à cet ordinateur, tu suivras tous nos déplacements, et tu pourras nous avertir si jamais nous faisons fausse route.

– Tu t'imagines que ce « machin » te verra jusque sur les sommets des Andes ? demanda l'oncle, incrédule.

Paulina s'amusa de l'étonnement sur le visage de l'oncle Pedro :

– Il ne me verra pas en chair et en os... mais il pourra suivre le signal transmis par mon TÉLÉPHONE SATELLITAIRE ! De cette façon, vous ne perdrez jamais notre position et, grâce à l'ordinateur, vous pourrez savoir à tout instant où nous sommes !

– Je n'ai pas vraiment compris... mais *je te fais confiance*, et si tu me dis que je peux être tranquille, je te crois ! répondit son oncle.

Violet aussi avait une mission *délicate* et très

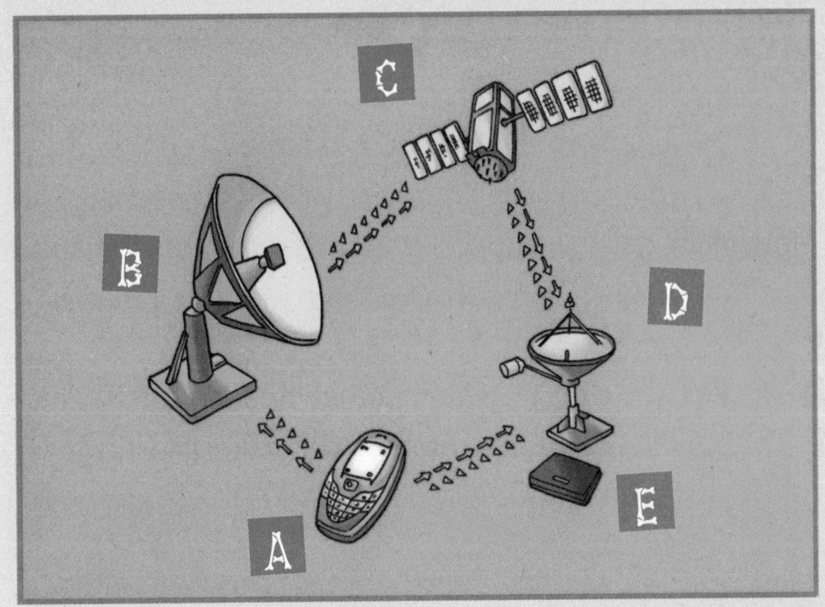

LE SYSTÈME SATELLITAIRE !

Le système satellitaire est la solution idéale pour ceux qui doivent communiquer depuis des régions lointaines ou isolées, où le réseau téléphonique traditionnel n'arrive pas. Le signal qui part, par exemple, du téléphone mobile de Paulina (A) atteint la station satellitaire la plus proche au sol. Là, grâce à une grande antenne (B), le signal est envoyé à un satellite de télécommunication qui stationne en orbite au-dessus de la terre (C). Le satellite retransmet ce signal à l'antenne satellitaire installée dans la maison de l'oncle Pedro (D) et le message de Paulina arrive pour finir à l'ordinateur de Maria (E) !

Le message parcourt une distance vraiment énorme, et il faut du temps pour qu'il arrive à destination !

Les nouvelles technologies permettent cependant de réduire ce temps au minimum.

importante à confier à Maria, qui ne demandait pas mieux que de pouvoir aider les Téa Sisters.

– Je ne peux pas emmener Frilly avec moi. J'ai peur qu'il ne supporte pas le FROID de la haute montagne. Tu pourras prendre soin de lui, n'est-ce pas ?

Les yeux de la petite fille s'illuminèrent de joie quand elle vit la petite tête du grillon sortir de la citrouille.

– Bien sûr, Violet !

Tu peux avoir confiance en moi !

EN ROUTE VERS MACHU PICCHU

Les **Téa Sisters** partirent le lendemain matin, deux heures avant le lever du SOLEIL. Seule Paulina était bien réveillée, et elle s'assit à côté de son oncle, qui avait pris le volant. Il devait les accompagner au train pour **MACHU PICCHU**. Paulina parla avec lui de Maria.

– Ta sœur est incroyable ! la rassura son oncle. Tu lui manques, c'est naturel, mais elle est si fière de toi ! Elle parle de **RAXFORD** comme si elle était là-bas avec vous et elle dit à tout le monde qu'un jour, elle aussi, elle ira étudier au Collège et qu'elle deviendra une **Téa Sister !**

Paulina en fut TOUT ÉMUE.

Pendant ce temps, derrière les vitres du minibus, défilaient les rues éclairées par les réverbères.

Une fois à la gare, Paulina embrassa son oncle. Puis les Téa Sisters montèrent dans le train.

Après environ quatre heures de voyage, elles arrivèrent à AGUAS CALIENTES.

Paulina loua un 4X4.

Prochaine étape : Machu Picchu.

Pendant tout le voyage, Violet, Paméla, Nicky et Colette ne cessèrent pas un instant de pousser des cris d'étonnement.

– Regarde, les montagnes couvertes de NEIGE !

– Un LAMA !

– Un troupeau de petites chèvres !

Mais quand elles arrivèrent au sommet d'une hauteur, elles restèrent sans voix. Devant elles s'étendaient les ruines de MACHU PICCHU, la cité perdue des Incas. La ville se dressait sur un piton rocheux. Il y avait des murailles et des temples magnifiques.

– FANTASOURISTIIIIQUE ! s'écria Paméla.

MACHU PICCHU

Machu Picchu est un des monuments archéologiques les plus importants de notre planète. Il est situé à plus de 2000 mètres au-dessus du niveau de la mer, dans la province de Urubamba. Machu Picchu, qui veut dire « vieille montagne » en langue « quechua », est une citadelle enveloppée de mystère. Son emplacement était tenu secret et les profonds précipices qui l'entouraient étaient sa meilleure protection. Abandonnée par les Incas, elle resta inconnue pendant près de quatre siècles.

Machu Picchu fut redécouverte le 11 juillet 1911 par Hiram Bingham un professeur de l'université de Yale. Bingham écrivit de nombreux livres sur Machu Picchu, dont le plus célèbre est « La Cité perdue des Incas ». Selon certains historiens, Machu Picchu était une cité placée aux confins du territoire inca comme avant-poste pour des conquêtes futures ; selon d'autres, c'était une sorte de refuge fortifié pour l'empereur et la noblesse. Certains encore pensent qu'il s'agissait d'un monastère où étaient éduquées les jeunes filles destinées à servir le chef des Incas et le Willac Uno (le grand prêtre).

NUAGES ET VAUTOURS

Paulina avait voulu offrir à ses amies ce *fantastique panorama* de Machu Picchu. Mais il leur fallait repartir, maintenant, à la recherche du professeur Quantayacapa.

Elles quittèrent la vallée d'URUBAMBA pour monter sur le vaste haut plateau andin, où vivent encore aujourd'hui les descendants des Incas.

Des nuages sombres avaient couvert le soleil et un VENT glacé balayait le haut plateau.

Elles roulèrent pendant deux heures sur une route aride et accidentée, sans rencontrer âme qui vive.

– Tu es vraiment sûre que des gens habitent LÀ-HAUT ? demanda Nicky.

– Qui pourrait bien rester dehors avec un FROID pareil ? commenta Violet en frissonnant.

– LÀ ! EN BAS ! intervint Colette, en indiquant quelque chose derrière la vitre.

Pendant tout le parcours, elle avait continué d'observer dans les jumelles les hauts sommets enneigés, mais elle les pointait à présent vers le bas.

– Ce sont des **LAMAS**, non ? ! Il y a même un berger avec eux !

Paulina obliqua dans la direction indiquée par Colette. Elles avaient enfin trouvé quelqu'un à qui demander des nouvelles du professeur Quantayacapa !

Le berger les accueillit avec un large SOURIRE amical, qui s'élargit plus encore quand Paulina lui parla en *quechua**.

Ce gars-là, *ou plutôt ce rat-là*, ne devait pas avoir beaucoup d'occasions de faire *un brin de causette* avec quelqu'un.

Il confirma que le professeur était passé quelques jours plus tôt.

Il se dirigeait vers le refuge *Tampu*, non loin de là. Et d'ailleurs, elles feraient mieux, elles aussi, d'y aller très vite, car dans peu de temps allait éclater un orage !

Le berger leva les yeux vers le ciel pour montrer les nuages noirs de pluie, mais tout à coup il BLÊMIT et balbutia :

* Le *quechua* est l'ancienne langue parlée par les Incas.

– K-KUNTUR !

Puis, sans même les saluer, il rassembla ses lamas et disparut avec eux À TOUTE VITESSE.

– Qu'est-ce qui lui a pris ? demanda Paméla, interdite. Ça veut dire quoi, « kuntur » ?

– Ça veut dire « condor » en *quechua*, expliqua Paulina.

Étonnée, elle fixait en même temps le ciel où voltigeait très haut, entre les nuages noirs, un condor.

– Je ne comprends pas pourquoi le berger s'est enfui. C'est seulement un condor !

– Pressons-nous d'arriver au refuge, nous aussi ! Il va commencer à pleuvoir dans pas longtemps, c'est sûr ! intervint Violet, qui tremblait de froid.

Elle n'avait pas fini de parler… que le déluge se déchaînait !

LA LANGUE QUECHUA !

Le « quechua » vient d'une langue très ancienne, que l'on parlait sur la côte et dans les montagnes au centre du Pérou.

Le mot « quechua » signifie « terre au climat tempéré ». Quand les Incas s'établirent dans la région de Cuzco, ils adoptèrent cette langue et abandonnèrent la leur. De plus, ils imposèrent l'apprentissage obligatoire du « quechua » à tous les autres peuples conquis par eux dans les Andes. Ils purent ainsi unifier encore plus l'empire.

Aujourd'hui, cette langue est parlée au Pérou, dans une partie de la Colombie, en Équateur, en Bolivie, dans le nord-est de l'Argentine et dans une province du Chili.

PROFESSEUR QUANTAYACAPA !

Les Téa Sisters mirent plus d'une heure à atteindre le refuge, pourtant tout proche. La pluie tombait dru du ciel : on n'y voyait pas à trois pas. Malgré les phares, Paulina avait été obligée de rouler à VITESSE très réduite, ne s'orientant que grâce au navigateur satellite.

Elles s'étaient retrouvées au moins deux fois bloquées dans des trous remplis d'EAU. Et elles avaient dû descendre du véhicule au moins trois fois pour le pousser.

Elles étaient complètement TREMPÉES ! Qu'allaient-elles faire ?

– Moi, je ne descends plus ! Arrêtons-nous et attendons que la pluie s'arrête ! proposa Colette, énervée.

Violet commença à claquer des dents de **FROID**. Puis elles virent une lumière briller devant elles.

– Le refuge *Tampu* ! s'écria Paméla.

CE FUT UN SOUPIR DE SOULAGEMENT GÉNÉRAL.

Elles coururent vers le refuge. Aussitôt entrées, elles virent un monsieur penché devant la cheminée.

– **Professeur Quantayacapa !** cria Paulina, en se précipitant vers lui.

Le professeur faillit en tomber par terre de **surprise**.

Il se serait attendu à tout, en cet instant, sauf à voir sa chère Paulina lui tomber dans les bras !

– Mais… Paulina ! Que fais-tu donc… ici ? !

– Professeur, je suis venue vous aider à retrouver Gonzalo !

Ils se serrèrent très fort dans les bras l'un de l'autre !

Tout de suite après, Paulina fit les présentations. Nicky alluma le FEU dans la cheminée, en vraie campeuse experte qu'elle était. Elles purent alors ôter enfin leurs vêtements trempés et se sécher.

Paulina sortit prendre un paquet dans le coffre du 4X4. Il contenait cinq magnifiques ponchos* et cinq bonnets de laine multicolores. Elles les distribua à ses amies :

– Un cadeau de ma tante Nidia. Ils sont faits main, en laine d'alpaga. Vous allez voir comme cela tient chaud !

Et en souriant à Colette, elle ajouta :

– Il y a un poncho rose exprès pour toi !

* Le « poncho » est un grand carré d'étoffe (généralement de laine) avec une ouverture ronde au milieu pour passer la tête.

SOUPE AU PIMENT

Une bonne assiette chaude de soupe rendit un peu de couleurs jusqu'aux joues PÂLES de Violet. Le professeur Quantayacapa n'était pas un cuisinier raffiné, mais une soupe BOUILLANTE avec beaucoup de piment était exactement ce qu'il fallait pour réchauffer les cinq amies !

Quand elles eurent fini de manger, elles s'assirent autour de la cheminée.

C'était le moment de faire le **POINT** sur la situation.

– J'avais l'intention d'engager quelqu'un du coin demain, pour me servir de guide ! Mais ce n'est pas très facile ! déclara le professeur.

– Pourquoi ? demanda Paméla.

– Les gens sont terrorisés par le **condor** ! répondit-il.

– Le KUNTUR ! s'exclama Colette.

– Il nous est arrivé la même chose, professeur ! expliqua Paulina. Nous avons demandé des indications à un **BERGER**, et tout à coup il nous a plantées là parce qu'il avait vu un condor !

– C'est exactement ce que je vous disais, confirma-t-il. On parle partout d'un condor qui lance des cris effroyables. Il a suffi de cette « fable » pour semer la *PEUR* dans ces montagnes ! Plus personne ne veut monter sur les sommets !

Paulina le rassura :

– Nous sommes venues ici pour vous aider, professeur. Ensemble, nous retrouverons votre fils Gonzalo, nous en sommes persuadées !

Le professeur **SOURIT**. Il appréciait beaucoup ce que Paulina et ses amies faisaient pour lui !

KUNTUR !
AU SECOURS !

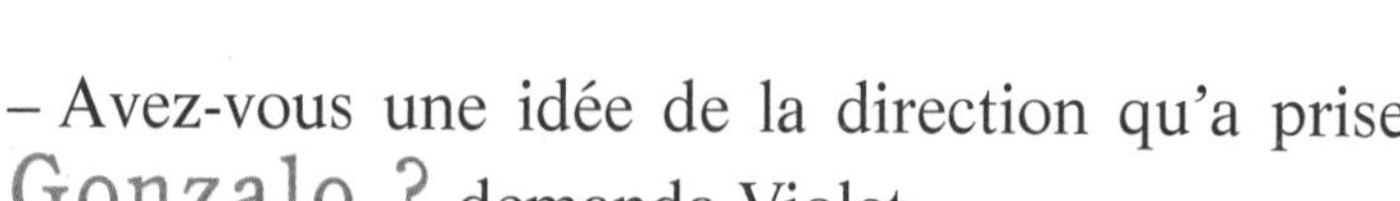

– Avez-vous une idée de la direction qu'a prise Gonzalo ? demanda Violet

Le visage du professeur s'assombrit.

– J'ai bien peur que oui. Il est monté sur le Huayna Picchu ! C'est un sommet très *difficile* ! S'y mesurer est toujours une entreprise. Gonzalo était entraîné... mais cette montagne a arrêté même les meilleurs alpinistes !

Et c'est en pensant à Gonzalo et au Huayna Picchu que les Téa Sisters allèrent se reposer.

HUAYNA PICCHU

Le Huayna Picchu, qui veut dire « jeune montagne » en langue quechua, est le mont qui surplombe le Machu Picchu. Le sentier qui grimpe vers ce pic est très raide et difficile à gravir. Le sommet se trouve à une altitude de 2 700 mètres. Il était utilisé par les Incas comme point d'observation.

UN RONGEUR COURAGEUX !

Le lendemain matin, un grand soleil clair brillait promettant de sécher bien vite la BOUE et les flaques d'eau.

Mais la route qui partait du refuge était complètement ravinée.

Utiliser le 4X4 aurait été trop dangereux. Il fallait continuer à pied. Le professeur Quantayacapa décida de faire l'acquisition de quelques LAMAS pour transporter les provisions et le matériel. Il les acheta à des bergers qui vivaient non loin du refuge. Le professeur expliqua aux Téa Sisters qu'il est très fatigant de grimper à des altitudes aussi élevées, même avec un sac à dos léger sur les épaules.

LES ANIMAUX DES ANDES

Le condor : le condor des Andes est le plus grand oiseau de proie du monde. Il a une envergure de trois mètres et pèse de 11 à 15 kilos. Son vol est lent et majestueux, et il peut monter jusqu'à 6 000 mètres d'altitude. Pour les Incas, c'était un animal sacré.

Le chinchilla : c'est un rongeur, son corps est trapu et peut mesurer jusqu'à 35 centimètres, queue non comprise. Les pattes postérieures sont plus développées que les pattes antérieures, qui lui servent à manipuler la nourriture.

Il a une petite tête, avec 2 grandes oreilles arrondies. Sa vue et son ouïe sont très développées. Son poil est très doux. Il peut être gris, blanc et, beaucoup plus rarement, noir.

Le puma : on l'appelle aussi « cougar » ou « lion de montagne ». C'est un carnivore et il appartient à la famille des félins. La couleur de son pelage : elle varie du marron clair au roux. Il a une petite tête, avec une tache noire au-dessus des yeux. Le puma ne peut pas rugir, mais il émet plusieurs sorte de cris, différents chez le mâle et chez la femelle.

L'ours à lunettes : n'ayez crainte, il y voit très bien ! On l'appelle ainsi parce qu'il a des zones de poil clair autour des yeux qui font penser à des lunettes ! C'est le seul ours qui vive en Amérique du Sud. Pour dormir, il construit des nids de branches sèches au sommet des arbres.

Il est très rare de le rencontrer, car il a un caractère timide et solitaire.

LES « CHAMEAUX » DES ANDES

Les Camélidés sont une famille de Mammifères. Dans le nord de l'Afrique et en Asie Centrale, on trouve des chameaux et des dromadaires. En Amérique du Sud, on peut trouver en revanche :

Le lama : c'est l'animal le plus précieux pour les Indiens des Andes, qui utilisent de lui presque tout : le lait, la laine, la viande et même ses déjections, qui servent à alimenter le feu ! Le lama est un animal très fort, qui peut tout transporter… sauf l'homme. Le lama, en effet, ne se laisse pas monter.

L'alpaga : c'est le plus petit des lamas, et il n'est pas utilisé comme animal de transport. L'alpaga est connu pour sa laine et pour sa docilité. La laine des alpagas est très légère, brillante, au toucher de soie. De plus, elle tient très chaud.

Le guanaco : il vit en petits groupes, à l'état sauvage. C'est un bon coureur, qui peut atteindre la vitesse de 56 km à l'heure ! La course est le seul moyen de défense du guanaco, dans un milieu comme celui des Andes, où il n'y a pas d'endroit pour se cacher.

La vigogne : c'est le plus petit des quatre, mais sa laine est une des fibres les plus chères du monde. Les Incas s'en servaient pour tisser les habits du roi (il était interdit aux sujets de porter des vêtements faits dans cette laine).

La vigogne et le guanaco sont les deux seuls Camélidés que l'on ne peut domestiquer.

En effet, plus on monte, et plus la quantité d'oxygène diminue.

Il faut donc avancer lentement et s'habituer progressivement au milieu, sans faire d'efforts **excessifs**.

Pendant que le professeur négociait le prix des lamas, Paulina et les filles sympathisèrent avec deux bergers.

C'étaient de jeunes bergers, qui s'occupaient de ce que Colette prit pour des bébés lamas.

– Ce sont des alpagas, lui expliqua Paulina. Caresse-les, vois comme ils sont doux !

– Qu'ils sont mignons ! Ils sont vraiment très très doux !

Les bergers se mirent à rire, amusés de l'étonnement de Colette.

Paulina en profita pour poser quelques questions sur Gonzalo : peut-être l'un d'eux l'avait-il rencontré les jours précédents ?

– Oui. Je me souviens de lui, répondit le plus jeune. Un rongeur gai et courageux !

– Courageux ? l'interrompit Paulina. Qu'est-ce qui te fait dire qu'il était courageux ?

Le berger baissa la voix et regarda autour de lui d'un air EFFRAYÉ :

– KUNTUR ! Le condor est descendu du ciel ! Ses ailes cachaient le SOLEIL et ses cris ont fait fuir mes bêtes !

– Et Gonzalo ? Qu'a fait Gonzalo ? voulut savoir Paulina.

– Il ne s'est pas ENFUI. Un rongeur très, très courageux !

– Et ensuite ? insista Paulina. Qu'a-t-il fait ensuite ?

Le berger **écarta** les bras et répondit :

– Je ne sais pas. Mais une chose est sûre : si le condor ne l'a pas pris, alors non seulement c'est un rongeur courageux mais c'est aussi un rongeur qui a beaucoup, BEAUCOUP DE CHANCE !

VERS LE HUAYNA PICCHU

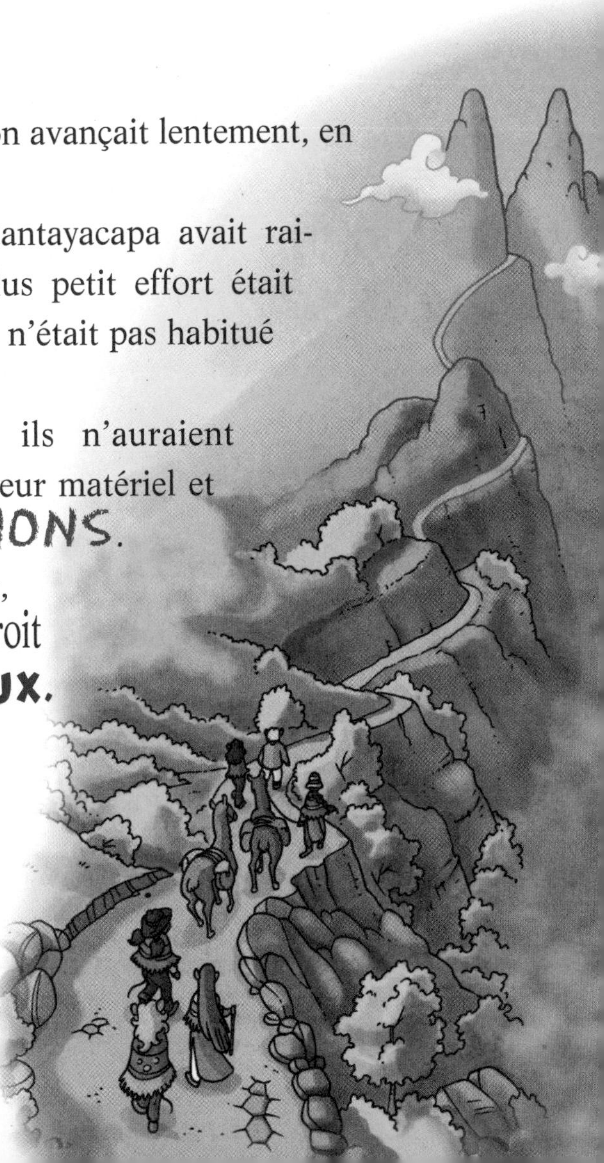

La petite expédition avançait lentement, en file indienne.

Le professeur Quantayacapa avait raison : même le plus petit effort était épuisant, pour qui n'était pas habitué à l'ALTITUDE.

Sans les lamas, ils n'auraient jamais pu porter leur matériel et les PROVISIONS.

Le sentier montait, de plus en plus étroit et **CAILLOUTEUX.**

Le professeur expliqua :
– C'est un ancien chemin inca. Observez les cailloux, là où ils ne sont pas recouverts par la VÉGÉTATION. Vous voyez ? Ils sont réguliers et disposés suivant une « méthode » particulière.
– Les Incas sont votre *passion*, n'est-ce pas, professeur ? lui demanda Paméla, qui restait toujours près de lui.
Quantayacapa regarda autour d'eux et soupira :
– C'était un grand peuple, et c'étaient aussi des bâtisseurs magnifiques.

– À votre avis, que cherche Gonzalo sur le Huyana Picchu ? demanda Paulina.

Quantayacapa ne répondit pas tout de suite.

Il s'arrêta et se retourna pour examiner le reste du groupe : hormis Paméla et Paulina, les autres filles étaient bien FATIGUÉES.

Tout le monde ne s'adapte pas de la même façon à l'altitude.

Non loin de là se trouvait une zone plate assez grande pour héberger leur campement.

Le professeur proposa :

– Arrêtons-nous ici. Nous allons boire du thé chaud et pendant ce temps je vous raconterai une histoire ! Ensuite, nous monterons les tentes pour la nuit.

En entendant prononcer le mot « thé », Violet retrouva la force de parcourir les derniers mètres presque EN COURANT.

Quand ils furent tous réunis autour de leurs tasses fumantes, le professeur se mit à *raconter*.

Collier et boucle en or

Pectoral en or

Deux vases en or

Masque en or

– Notre histoire commence il y a bien longtemps, en 1532, dit-il, quand les Espagnols, commandés par Francisco Pizarro, arrivèrent au **PÉROU**. Ils n'en crurent pas leurs yeux : jamais ils n'avaient vu autant de richesses à la fois ! On raconte que le puissant Atahualpa, l'empereur des INCAS qui avait été fait prisonnier, paya une rançon énorme pour être libéré ! Il fit remplir d'or tout l'espace de la cellule où il avait été enfermé. Et comme si cela ne suffi-

sait pas, il remplit d'argent deux autres pièces encore ! Pourtant, ce n'était là qu'une toute petite part de l'immense TRÉSOR des Incas : la plus grande partie fut cachée et ne fut jamais retrouvée !
– Et Gonzalo est parti à la recherche de ce trésor caché ? demanda Paulina.
– La légende parle d'une **Cité Secrète**, construite exprès pour sauver le trésor de l'avidité des envahisseurs !
– Comme un **énorme** coffre-fort ! intervint Nicky.
Quantayacapa SOURIT, l'air satisfait :
– Exactement ! Ce coffre-fort, on l'a cherché pendant des siècles. Hiram Bingham, l'explorateur, pensait l'avoir trouvée quand il découvrit Machu Picchu, mais hélas… il n'y avait aucune trace du trésor ! Après tant de DÉCEPTIONS, on finit par penser que la Cité Secrète n'était qu'une *légende*.

– Mais votre fils n'est pas de cet avis, n'est-ce pas ? ! demanda Colette.

– Tout petit déjà, Gonzalo rêvait de trouver le trésor des Incas ! Il a beaucoup étudié. Il est devenu un ARCHÉOLOGUE compétent et confirmé. Sa plus grande crainte est que la Cité Secrète soit découverte par des gens sans scrupules. Des gens qui, pour de l'argent, seraient capables de détruire le témoignage le plus important de cette si grande civilisation ! Tout véritable ARCHÉOLOGUE, comme Gonzalo et comme moi, désire découvrir des villes enfouies, non pour devenir riche, mais pour la JOIE de savoir… Parce qu'il n'y a pas de richesse plus grande, en réalité, que la connaissance !

N'oubliez jamais cela, jeunes filles : *il est très important de découvrir notre passé pour comprendre notre présent !*
Les **Téa Sisters** hochèrent la tête, remplies d'admiration pour les paroles du professeur.

SUSPENDUS DANS LE VIDE !

Le lendemain matin, de bonne heure, tout le monde se remit en route avec plus d'ÉNERGIE. Les Téa Sisters aussi commençaient à s'habituer à l'altitude.

Le sentier qu'ils parcouraient maintenant tournait autour des flancs de la MONTAGNE.

Après le énième tour, ils s'étaient retrouvés sur le versant opposé avec... un précipice qui s'ouvrait devant eux !

Plus de **CHEMIN**. Au fond de la vallée coulait un torrent impétueux !

Il n'y avait qu'une seule possibilité pour continuer : traverser la gorge ÉTROITE qui séparait les montagnes en marchant sur une mince passerelle de CORDE !

– Fin du voyage ! commenta Colette.

– ***Par mille pistons grippés*** ! Je croyais que *ces choses-là* n'existaient que dans les **FILMS !** s'exclama Paméla, la seule à ne pas être restée muette de frayeur.

– Ce n'est pas aussi fragile que cela en a l'air, dit Paulina. J'ai traversé sur un pont de corde il y a quelques années et c'était bien plus facile que je ne pensais.

Le pont suspendu était fait de fibres d'agave,

LES PONTS SUSPENDUS

Les Incas n'avaient pas de bois à disposition et ils ne savaient construire ni les portes ni les ponts en arche. Aussi, pour traverser les rivières très larges, utilisaient-ils les ponts suspendus.
Dans cette construction, le plus important était les cordes. Elles étaient faites avec les fibres extraites de l'agave, une plante grasse dont les feuilles peuvent atteindre 3 mètres de long. Ces cordes extrêmement résistantes, grosses comme le corps d'un homme, étaient tressées entre elles puis tordues.
Le pont le plus célèbre, celui sur le fleuve Apurimac, construit en 1350, résista plus de 500 ans !

tressées en cordes très épaisses. De plus, la base était faite d'une étroite plate-forme de petites planches en BOIS, qui rendait le passage plus facile. Paulina avait déjà fait un pas ***EN AVANT***, mais le professeur l'arrêta :

– Attends, Paulina ! C'est moi qui passe le premier ! Je veux voir si c'est aussi solide que cela en a l'air !...

Quantayacapa, d'un pas RAPIDE, arriva au milieu du pont. Là, il se mit à sauter comme un kangourou !

POUM POUM POUM POUM POUM POUM

Les Téa Sisters étaient abasourdies.

– Mais qu'est-ce qu'il fait ? Il a FONDU LES PLOMBS ? s'exclama Paméla, terrorisée.

– ARRÊTEZ, PROFESSEUR, C'EST DANGEREUX ! supplia Violet, que la peur rendait BLANCHE comme un fromage de chèvre.

Mais le professeur SE BALANÇAIT dans le vide, l'air très tranquille :

– C'est très solide, ne vous inquiétez pas ! Si ç'a

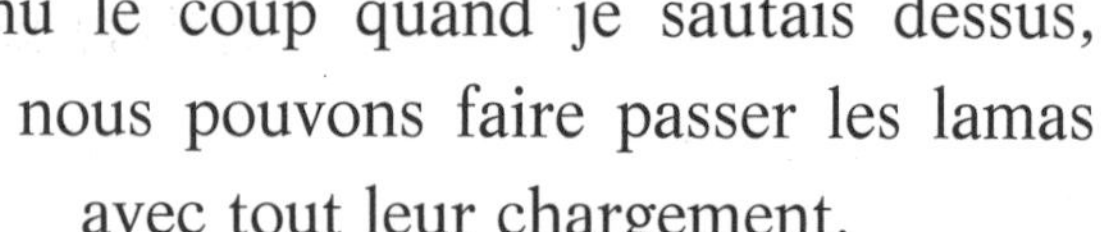

tenu le coup quand je sautais dessus, nous pouvons faire passer les lamas avec tout leur chargement.

Puis il s'aperçut de la PÂLEUR sur les joues de Violet :

– Un problème, mon petit ? Tu as le vertige, peut-être ? !

Violet se contenta de faire oui de la tête. Ses yeux étaient fixés sur le fond du PRÉCIPICE.

Le professeur mit le bras autour de ses épaules pour l'encourager :

– N'y pense pas ! Aide-moi à vérifier si le chargement des lamas est bien équilibré. Pendant ce temps, tes amies iront DEVANT !

Paulina passa la première. Elle marcha *lentement*, d'un pas régulier et sans hésitation.

– Vous avez vu, cria-t-elle quand elle eut rejoint l'arête de la montagne en face. Ça se balance à peine !

Quantayacapa sourit :

– Bien ! Allons, les filles, courage ! Pressons-nous car j'ai une FAIM de chat !

Nicky et Colette traversèrent à leur tour, un peu incertaines.

Violet ne se sentait pas encore prête.

– Reste avec elle ! dit le professeur à Paméla. Je conduis les bêtes de l'autre côté et je reviens ensuite vous chercher !

Les lamas semblaient parfaitement à l'aise sur cette passerelle branlante. Un seul devint nerveux, quand le professeur essaya de lui passer une corde autour du cou.

Il se libéra d'une secousse, cracha au visage de Quantayacapa et traversa à toute allure.

– *Par la barbe du grand lama barbu !* explosa le professeur.

Paméla éclata de rire et même Violet eut du mal à se retenir.

Tant mieux ! Au moins, Violet s'était distraite un instant !

Ils s'avancèrent alors tous trois sur le pont.

D'en bas leur arrivait le GRONDEMENT menaçant du torrent !

Le professeur dit à Violet :

– Essaie de marcher sans y penser. Concentre-toi sur quelque chose de beau !

Violet se mit alors à chanter à mi-voix une **DOUCE** mélodie que sa grand-mère **FLEUR DE LOTUS**

lui chantait toujours, le soir, pour l'aider à s'endormir.
Accrochée à ce souvenir **HEUREUX**, pas après pas, Violet arriva de l'autre côté du pont !

CRIIIIIEEEEEEEEEK !

Le professeur serra la PATTE de Violet :

– C'est bien, mon petit. Tu y es arrivée ! Tu as été très courageuse !

– Venez, professeur ! Venez voir ! appela Paulina à **GRANDS CRIS**.

Pendant qu'elle cherchait un endroit où faire halte, elle avait trouvé les restes d'un campement.

– Quelqu'un s'est arrêté ici. C'était peut-être Gonzalo ! s'exclama Paméla.

– Peut-être... oui ! On dirait que c'est récent, confirma le professeur, qui examinait les traces sur le **TERRAIN**.

CRIIIIEEEEEEEEEEEEEEEEEEEEEEEEEEEEEEEEEEEEK !

Un cri perçant emplit le ciel !

RIIIEEEEEEEEEEEEEEEEEEEEEEEEEEEEEEEEEEEEK !

Le professeur Quantayacapa et les Téa Sisters s'aplatirent contre la paroi rocheuse, en se bouchant les oreilles.

RIIIEEEEEEEEEEEEEEEEEEEEEEEEEEEEEEEEEEEEK !

Les trois lamas se sauvèrent à toutes jambes.

RIIIEEEEEEEEEEEEEEEEEEEEEEEEEEEEEEEEEEEEK !

Qui pouvait bien lancer ce hurlement insupportable ?

RIIIEEEEEEEEEEEEEEEEEEEEEEEEEEEEEEEEEEEEK !

– Le KUNTUR ! hurla Paméla, en indiquant le ciel.

Derrière les nuages sombres qui couvraient le soleil, ils entrevirent l'ombre d'un oiseau. Un oiseau énorme !

– IL NOUS ATTAQUE ! cria Nicky.

– TOUS AUX ABRIS, VITE ! hurla le professeur.

Le cri fut suivi d'un sifflement sinistre.

Personne ne leva les yeux pour voir ce qui était en train de se passer.

CRIIIEEEEEEEEEEEEEEEEEEEEEEEEEEEEEEEEEEEEEEK!

TOUS COURURENT À PERDRE HALEINE, EN SE SÉPARANT.

Violet, Pam et le professeur tournèrent à droite et trouvèrent refuge quelques mètres plus loin, dans une **CAVERNE**.

Nicky, Paulina et Colette, quant à elles, coururent vers la gauche.

Le cri assourdissant du condor se rapprochait de plus en plus. Il n'y avait nulle part d'endroit où se cacher ! Nicky, Paulina et Colette aperçurent quelques buissons et se jetèrent dedans. Mais la terre s'éboula sous elles !

– AU SECOOOURS ! crièrent les filles, mais personne ne les entendit car Violet, Paméla et le professeur, terrés dans leur caverne, se bouchaient les oreilles.

AU SECOURS !

Les cris du condor étaient assourdissants.

Les trois jeunes filles glissèrent glissèrent glissèrent et glissèrent encore !

Le NOIR était total !
Sous elles, la roche était couverte de mousse humide. Il n'y avait pas d'endroit où s'accrocher et leur chute semblait sans fin. Jusqu'à ce que, tout à coup… SCHPLAFF !
La descente était terminée.
Pendant un long instant, il n'y eut que le silence. Puis, l'une après l'autre, les voix des trois amies se firent entendre.
– **OÏLLE, OÏLLE, OÏLLE, OÏLLE… !** gémit Colette.
– Tout va bien ? lui demanda Paulina.

– NON-ÇA-NE-VA-PAS-ÇA-NE-VA-PAS-DU-TOUT-PAS-DU-TOUT !!! cria Colette. Je suis tombée dans la BOUE et j'ai les fesses toutes sales. Et en plus je me suis cassé un ongle !

Une lumière forte, dirigée droit dans ses yeux, la fit taire aussitôt.

Nicky avait sorti sa TORCHE électrique et la pointait sur elle.

– Tu n'as pas l'air d'aller si mal... Bon, debout tout le monde ! Essayons de comprendre où nous avons atterri.

Paulina et Colette s'appuyèrent l'une sur l'autre, en boitillant, tandis que Nicky ouvrait la ROUTE.

Au secooours !

La lumière de la TORCHE n'était pas puissante, mais les yeux des Téa Sisters, peu à peu, s'habituèrent à être dans le NOIR.

Elles avancèrent le long d'un boyau étroit, mais suffisamment haut pour qu'on s'y tienne debout. Les parois étaient étrangement lisses.

Même le sol était très régulier et les Téa Sisters avançaient rapidement, malgré la faible lumière.

– On dirait que quelqu'un a creusé ce boyau dans la **ROCHE** fit remarquer Paulina.

– Tu as raison ! répondit Nicky.

À cet instant précis, le cercle lumineux de la torche s'arrêta sur une STATUE.

– Oh là là, qu'elle est vilaine ! C'est quoi ? ! s'exclama Colette.

– C'est une sculpture INCA ! dit Paulina en s'approchant pour l'examiner.

– Ça a tout l'air d'être… une sorte de gardien ! dit Nicky.

– **GARDIEN** *de quoi ?*

Nicky dirigea sa torche un peu plus loin, et elles virent une large ouverture dans la roche.

– De la **porte !** s'exclama-t-elle.

UN ÉTRANGE CONDOR...

Mais qu'était-il arrivé pendant ce temps à l'autre groupe ?
Quand le gigantesque condor était apparu, Paméla, Violet et le professeur s'étaient réfugiés en courant dans une caverne non loin de là...

CRIIIEEEEEEEEEEEEEEEEEEEEEEEEEEEEEEEEEEEEEEEEEK

... et les cris du condor s'éloignaient maintenant de plus en plus.
Paméla s'approcha de l'ouverture de la **CAVERNE** et passa la tête prudemment :
– On dirait qu'il est parti.
– Mais est-ce qu'un oiseau est capable de pousser des cris aussi **ASSOURDISSANTS** ? ! demanda Violet, perplexe.

Ils sortirent, EN REGARDANT autour d’eux.

Dans le ciel, ils ne virent aucune trace du condor, mais Violet remarqua que, près de l’entrée de la caverne, l’étrange animal avait laissé quelque chose.

Elle se pencha et ramassa une plume noire sur le sol.

– Une PLUME du condor ? demanda le professeur.

– Une plume, oui… mais pas de condor ! dit Violet. C’est une plume de CORBEAU !

– Tu en es sûre ?

– Professeur, si Violet le dit, vous pouvez y parier vos moustaches ! intervint Paméla.

Et elle se pencha à son tour pour examiner le TERRAIN.

– Eh ! Et ça, qu’est-ce que c’est ?

Elle posa deux doigts sur une tache sombre, les porta à son nez et dit :

– Mais c’est… c’est du lubrifiant ! ! !

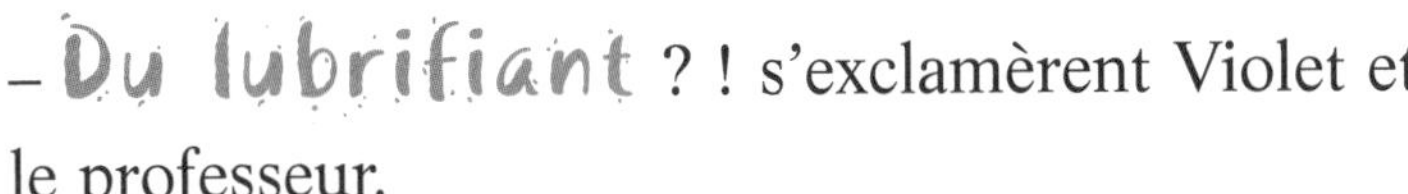

– Du lubrifiant ? ! s'exclamèrent Violet et le professeur.

– De l'huile de moteur, et toute fraîche ! insista Paméla, sûre de son fait. Une voiture aurait du mal à GRIMPER jusqu'ici, exact ?

– Exact ! confirmèrent Violet et le professeur. Et alors ?

– Et alors ce gros dindon *volant*

me paraît plus que louche ! conclut Pam en scrutant le ciel. À mon avis, quelqu'un est en train d'essayer de nous ÉPOUVANTER !

RÉCAPITULONS !

- Comment un condor peut-il perdre une plume... de corbeau ?
- Comment un condor fait-il pour lancer des cris aussi assourdissants ? ? (Au fait : les condors sont des oiseaux plutôt silencieux, qui lancent des cris uniquement à la période de l'accouplement).
- Comment un condor fait-il pour perdre... de l'huile de moteur ? !

UNE RENCONTRE INATTENDUE

Pendant ce temps, Paulina, Nicky et Colette franchissaient la **porte**.

Dans ce **NOIR** d'encre, la petite torche ne servait pas à grand-chose. Elles entrevirent une vaste pièce, aux parois recouvertes de DESSINS.

BRRRR... quelle peur ! Et si elles avaient atterri dans un tombeau inca ?
Brusquement, une ombre se précipita contre elles !
– SQUIIIIIIIIIIIIIIIIIIIIIIIIIIIIIIIIIIIIIIIIIIIIIIIITTT ! cria Colette de frayeur.
Quelque chose frappa le bras de Nicky.
Le choc fut violent. La torche tomba de ses mains et le NOIR, alors, fut total !
– Je l'ai ! Je l'ai ! cria Paulina.
Nicky et Colette essayèrent de l'aider, mais ce n'était que tourbillon de coups et contrecoups lancés au hasard.
– PFFF ! PFFF ! soufflait leur assaillant.
– LÂCHE MES CHEVEUX, ESPÈCE DE RAT D'ÉGOUT ! cria Colette, écrasant des pieds au hasard.
Mais elle s'était trompée, c'était le pied de Paulina, qui, de douleur, lâcha sa prise.
L'ombre en profita pour S'ÉCHAPPER.
Sa fuite fut interrompue aussitôt après, car on

entendit un **SCHTUNG** et un cri de douleur :

– AÏE-AÏE-AÏE ! ! !

Puis : *Silence ! Silence ! Silence ! Silence ! Silence ! Silence ! Silence ! Silence ! Silence ! Silence ! Silence ! Silence ! Silence ! Silence !*

Un petit faisceau de lumière éclaira la scène. Nicky avait réussi à retrouver sa torche.

– Je veux te voir en face ! dit Nicky, en dirigeant la lumière vers lui.

– Gonzalo !!! cria Paulina.

C'était bien lui : Gonzalo Quantayacapa.

Les Téa Sisters avaient retrouvé le fils du professeur Quantayacapa !

PAPA ¡

– P-Paulina ? ! balbutia Gonzalo, surpris.

Pendant trois secondes, tous deux se regardèrent en silence, trop stupéfaits pour dire quoi que ce soit.

Puis ils s'embrassèrent avec CHALEUR.

Gonzalo était HEUREUX :

– Cela fait un sacré bout de temps, depuis la dernière fois que nous nous sommes vus ! J'ai failli ne pas te reconnaître !

Ce fut Colette qui, la première, **BRISA** le charme :

– Excusez-moi de vous interrompre mais… est-ce qu'il ne vaudrait pas mieux continuer cette conversation ailleurs ?

– **Bien Dit** ! s'exclama Nicky. Maintenant que nous avons retrouvé Gonzalo, mieux vaut partir d'ici ! Les piles de la torche se déchargent !

Paulina se tourna vers Gonzalo :

– Colette et Nicky ont raison ! Il vaut mieux remettre les explications à plus tard !

L'idée de se retrouver dans le NOIR à l'intérieur du souterrain ne plaisait à personne.

Gonzalo fit signe aux filles de le suivre et commença à marcher dans le tunnel, d'un pas assuré :

– La sortie est de ce côté ! Vous êtes entrées par… hum… par la porte de service !

Ils parcoururent un long couloir, qui montait légèrement. Quelques tournants plus tard, ils pouvaient enfin revoir la lumière du soleil !

Ils avaient débouché dans la caverne même où Paméla, Violet et le professeur s'étaient réfugiés !

– Papa !

– Gonzalo ! fit la voix du professeur Quantayapaca, en voyant son fils surgir par un étroit passage.

Le professeur et Gonzalo s'embrassèrent avec émotion, en se donnant de grandes claques dans le dos.
Et les filles aussi furent **heureuses** de se retrouver, saines et sauves toutes les cinq.
Paulina raconta leur aventure à Gonzalo, et lui présenta ses amies.
Pour la première fois, après tous ces **ÉVÉNEMENTS**, l'atmosphère était tranquille et détendue.
– C'est le moment de boire un bon thé, proposa

Violet pour célébrer les retrouvailles. Mais les provisions avaient disparu avec les lamas. Les animaux s'étaient enfuis, effrayés par l'attaque du mystérieux condor.

Que faire ? Il fallait les rattraper IMMÉDIATEMENT !

Heureusement, Nicky et Paméla les retrouvèrent non loin de là, qui broutaient tranquillement.

Ils purent ainsi récupérer sans trop de mal leur matériel et les VIVRES.

– Excusez-moi, les filles, si je vous ai attaquées dans le souterrain, dit Gonzalo en buvant son thé à petites gorgées. Dans le NOIR, je vous avais prises pour mes assaillants.

– Quels assaillants ? demanda son père.

– Trois sales gars, *ou plutôt trois sales rats*, qui me sont tombés dessus par surprise. Il est évident qu'ils m'avaient suivi et tenu à l'œil ! expliqua Gonzalo. Ils m'ont volé tout ce que j'avais, même mes carnets ! Et dire que j'étais arrivé tout près de la Cité Secrète !

– Des rongeurs sans scrupules ! commenta Paulina.

Gonzalo raconta qu'il avait lutté de toutes ses forces, et réussi à **ÉCHAPPER** à ses agresseurs.

Il s'était caché justement dans cette même caverne qui venait de sauver son père du condor. Et c'était là qu'il avait découvert les **ANCIENS ENTREPÔTS** des Incas !

GONZALO FRANCISCO QUANTAYAPACA

Diplômé en Archéologie précolombienne avec félicitations du jury, à l'Université de Lima, Pérou. L'archéologie précolombienne est la branche de l'archéologie qui étudie les trois grandes civilisations sud-américaines : les Aztèques, les Mayas et les Incas.

– J'ai trouvé des objets et des gravures surprenantes !

– Mais pourquoi es-tu resté ici ? lui demanda son père. Tu as disparu depuis trois semaines ! Je n'avais plus de **nouvelles** de toi ! Pourquoi n'es-tu pas revenu tout de suite chercher de l'aide ?

Gonzalo baissa les yeux, embêté.

– Excuse-moi, papa ! Je suis désolé de t'avoir causé tant de souci. Mais je ne pouvais vraiment pas revenir ! Il fallait que je les tienne à l'ŒIL. Et je voulais savoir qui étaient ces rongeurs, pour pouvoir les dénoncer ! Enfin, au cas où ils auraient pénétré dans la **Cité Secrète**, je voulais être sûr que ces bandits n'aillaient pas abîmer (ou pire encore, voler) ces découvertes incroyables !

Le professeur Quantayapaca resta silencieux, le visage sévère. Gonzalo et les Téa Sisters le fixaient, retenant leur souffle.

– Tu es une tête de mule, mon fils… mais tu es un excellent archéologue ! conclut le professeur avec un grand SOURIRE.

LES PLANS LOUCHES D'UN RAT LOUCHE

– As-tu réussi à découvrir QUI étaient tes assaillants ? demanda Paulina.

Gonzalo fit oui de la tête :

– Ce sont des hommes de Paco Manadunca !

– Paco Manadunca ? ! Cette espèce de sous-race de souris ! s'exclama Paulina.

– Mais c'est un archéologue, lui aussi ! éclata le professeur Quantayapaca, rouge d'indignation.

Le professeur Manadunca était un éminent archéologue, très estimé.

Mais les Quantayapaca le soupçonnaient de ne pas être aussi honnête qu'il voulait le faire croire.

– Je ne l'aurais jamais cru capable d'un TOUR pareil ! dit le professeur.

– Tu n'aurais rien pu faire, papa, l'interrompit Gonzalo. Manadunca est déloyal, avide et dangereux ! Il m'ESPIONNE depuis le jour où j'ai trouvé le *quipu*. Il faisait semblant de s'enthousiasmer pour mes recherches !

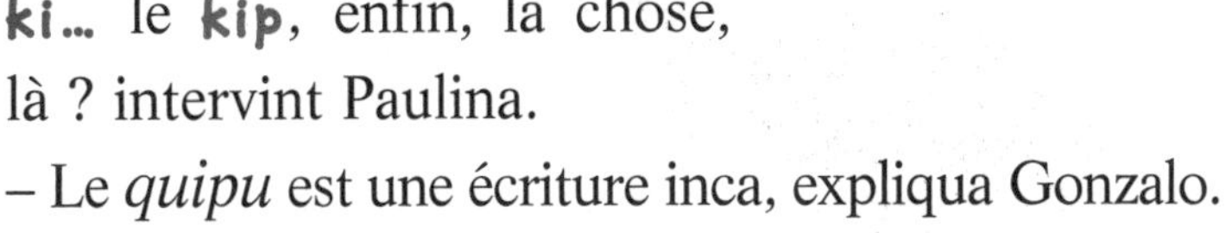

IL FAISAIT SEMBLANT DE S'ENTHOUSIASMER POUR MES RECHERCHES !

– Oui, enthousiaste au point de te les voler !

Le professeur Quantayapaca avaient les moustaches qui en frémissaient de mépris.

– Pardon, mais c'est quoi le **ki...** le **kip**, enfin, la chose, là ? intervint Paulina.

– Le *quipu* est une écriture inca, expliqua Gonzalo.

LES QUIPU

Au lieu de marquer les chiffres sur du papier, du parchemin ou des tablettes, les Incas faisaient des noeuds sur des cordelettes multicolores ! C'était leur manière… d'écrire ! Si le *quipu* servait comme machine à calculer, les noeuds correspondaient à des chiffres. Avec les *quipu*, les Incas réussissaient à faire des calculs qui stupéfièrent les conquistadors espagnols par leur rapidité et leur précision. Chaque gouverneur inca enregistrait sur les *quipu* le nombre de sujets qui vivaient sur leur territoire et le montant de leurs ressources. À la fin de l'année, les *quipu* étaient envoyés dans la capitale, où ils constituaient les archives nationales.

Les Incas ne connaissaient pas l'écriture, ni même les hiéroglyphes comme ceux des Égyptiens.

Le quipu était comme une machine à calculer, où les nœuds correspondaient à des chiffres.

Les nœuds faits de manière différente indiquent des nombres différents, tandis que les fils de couleur différente désignent des objets différents. Un fil d'or, par exemple, peut indiquer le soleil ou bien le roi inca.

Réussir à interpréter le quipu est très difficile. Certains pensent même que c'est impossible, et que les recherches comme celles de Gonzalo sont une absurdité !

– Et toi, tu as trouvé un *quipu* ? demanda Paulina.

– Oui, j'ai eu la CHANCE de découvrir le *quipu* qui indique le lieu où se trouve la Cité Secrète. Manadunca a réussi, d'une manière ou d'une autre, à s'emparer d'une partie de mes notes. Et il s'est précipité ici, pour me SOUFFLER ma découverte !

Paméla montra alors la plume de corbeau qu'elle avait gardée dans sa poche et demanda :

– Y aurait-il un rapport entre toute cette histoire et cette *espèce de condor* qui est couvert de plumes de corbeau, qui hurle comme s'il avait avalé un haut-parleur, et crache des gouttes d'huile de moteur ?

– Tu n'as pas les yeux dans ta poche, toi ! la félicita Gonzalo.

– Auriez-vous la gentillesse de bien vouloir nous expliquer ? demanda Colette, qui avait du mal à suivre avec toutes ces NOUVEAUTÉS.

– C'est vrai ! dit le professeur Quantayapaca. Quel rapport entre Manadunca et le condor ? !

– Ce n'est pas un vrai condor ! C'est un planeur à moteur camouflé en condor ! expliqua Gonzalo. Manadunca et ses hommes l'ont recouvert de plumes, et ils s'en servent pour EFFRAYER les pauvres gens de la région !

– Et pourquoi ? demanda Colette.

PLANEUR EN FORME DE CONDOR

– Une fois localisée la Cité Secrète, il pensait y pénétrer facilement. Le condor lui permettait de maintenir les **CURIEUX** à distance !

– Mais… – on entendait pour la première fois la petite voix de Violet – … si **Manadunca** a encore besoin du faux condor pour effrayer les gens, cela veut dire qu'il n'a pas trouvé ce qu'il cherchait !

Gonzalo s'exclama, admiratif :

– Tes amies sont vraiment très fortes, Paulina ! C'est exactement cela : il n'a pas trouvé ! Et c'est pourquoi Manadunca m'a fait **ATTAQUER** par ses hommes, pour me voler mes carnets de travail. Mais il n'y a rien dans mes notes qui dise *comment* ouvrir la **Porte du Soleil**, qui est la seule entrée possible de la Cité Secrète.

– Il aura plus vite fait de détruire la porte que de l'ouvrir ! éclata le professeur, dont le museau frémissait d'indignation.

Les paroles du professeur tombèrent sur eux comme une **DOUCHE** froide. Oui, cette crapule de Manadunca ne s'arrêterait devant rien pour mettre la patte sur le trésor caché des INCAS…

Même s'il lui fallait détruire la **Cité Secrète !**

Le professeur Paco Manadunca

Le nom complet du professeur est Paco Felipe Rubirio Manadunca y Malandrin.
Il compte parmi ses ancêtres un Manadunca y Malandrin, arrivé au Pérou avec les conquistadors espagnols.

LA PORTE DU SOLEIL

Les Téa Sisters, Gonzalo et le professeur quittèrent la caverne, remontèrent le **SENTIER** et arrivèrent au pied d'un grand escalier.
Là-haut se dressaient les remparts encore intacts de la Cité Secrète !

Quelle vision extraordinaire !

Au centre de la muraille resplendissait la Porte du Soleil, fermée depuis des siècles sur les **TRÉSORS** qu'elle protégeait.
D'en haut, la voix stridente de Manadunca arriva jusqu'aux oreilles **HORRIFIÉES** des Téa Sisters et des deux archéologues.

Le professeur Quantayapaca avait vu juste : **Paco Manadunca** était vraiment décidé à abattre la **Porte du Soleil !** Il avait tenté de l'ouvrir par tous les moyens. Il avait même attendu que Gonzalo arrive, dans l'espoir que ses notes contenaient la solution de l'**ÉNIGME**. Mais rien ! Cette porte ne voulait pas s'ouvrir.

– Assez, maintenant ! J'ai déjà trop perdu de temps ! Ça m'est bien égal, de détruire cette porte ! Derrière, il y a des trésors bien plus précieux que quelques plaques d'**OR !** s'écria Manadunca.

Avec ses trois hommes, il était en train d'installer de petites charges d'**EXPLOSIF** à la base de la grande porte, pour la faire sauter.

IL N'Y AVAIT PAS DE TEMPS À PERDRE !

Aussitôt, les Téa Sisters élaborèrent un plan pour arrêter ces canailles : Gonzalo attirerait l'attention de Manadunca et de ses hommes, tandis que

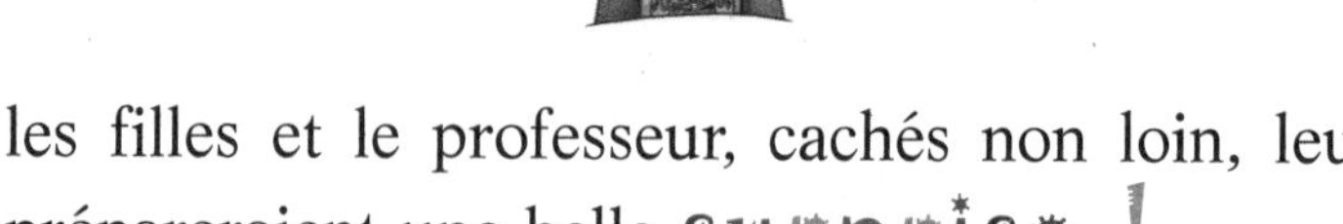

les filles et le professeur, cachés non loin, leur prépareraient une belle surprise !

– Arrête, Paco ! cria Gonzalo en grimpant les dernières marches au pas de COURSE. Je ne te laisserai pas détruire cette porte !

Les bandits sursautèrent, saisis par la surprise. Mais quand ils virent qu'il était seul, il se regardèrent et eurent un sourire.

– Et qui m'en empêchera ? Toi ? ! répliqua Manadunca, avec un RICANEMENT.

– Je te dénoncerai ! répliqua Gonzalo. Tous les archéologues et tous les Péruviens sauront que tu es un pillard !

– Attrapez-le ! ordonna Manadunca, et ses complices bondirent sur Gonzalo.

Celui-ci ne resta pas à les attendre. Il se précipita sur le côté, le long des remparts, vers les ROCHERS, et se jeta dans les épais fourrés. Il courut en s'ouvrant à grand peine un chemin entre les BRANCHAGES.

Mais ses poursuivants gagnaient du terrain.

ÉTAIENT TOUT PRÈS DE LE REJOINDRE, QUAND... ZAFF !

Une CORDE se tendit brusquement ! Les trois voyous trébuchèrent et tombèrent dans les buissons en s'entraînant l'un l'autre.

Ils n'eurent même pas le temps de comprendre ce qui leur arrivait.

Les Téa Sisters se jetèrent sur eux et… les voyous se retrouvèrent bientôt ficelés comme des saucissons !

Et Paco Manadunca ?

Le professeur Quantayapaca s'occupa de lui personnellement.

Il le prit au lasso, comme un veau !

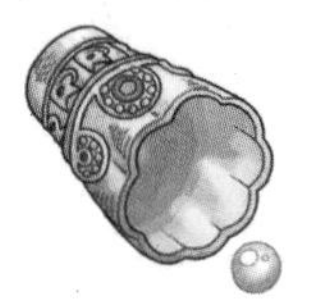

UNE PORTE... SANS SERRURE ?

Maintenant que Manadunca et ses hommes étaient ~~HORS~~ combat, c'était à Gonzalo et à son père d'essayer d'ouvrir la Porte du Soleil !

Les Téa Sisters, elles, continuaient d'admirer la porte. Sur une colonne, se trouvaient deux poignées parfaitement IDENTIQUES. Le professeur Quantayapaca dit :

– Que personne n'y touche ! Elles pourraient être reliées à un piège pour protéger l'entrée !

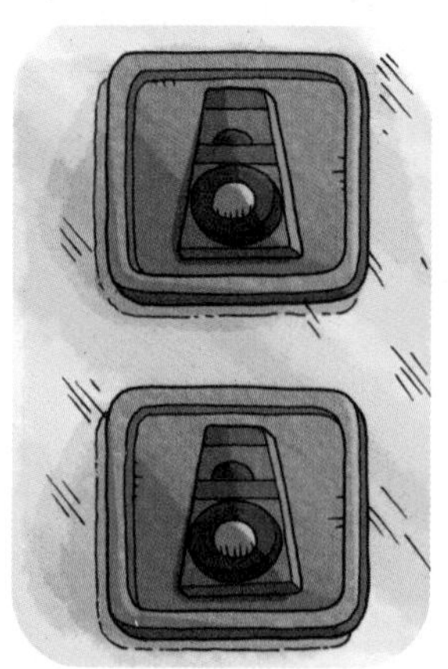

– Un sacré DILEMME ! dit Violet. Faire le mauvais choix pourrait nous coûter cher !

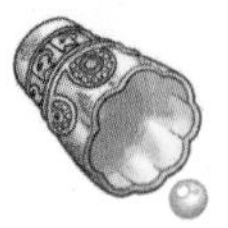

Paulina **SOURIT** :

– Il se pourrait aussi que la solution soit plus simple que nous ne le pensons... Cette situation me rappelle le conte du *méchant roi* et du *prisonnier malin,* que ma mère me racontait si souvent quand j'étais petite ! J'aimais tellement cette

Il était une fois un méchant roi. Chaque année, pour la fête du Soleil, la tradition voulait qu'un prisonnier soit libéré. Mais le roi ne voulait pas, et il imagina un moyen de se moquer de ses sujets.

Le roi dit au prisonnier : « Je mettrai une boule d'or sous un vase et une boule d'argent sous un autre vase. Si tu devines où est cachée la boule d'or, tu seras libre. Sinon, tu resteras en prison ! »

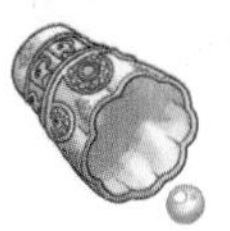

histoire que je ne me lassais jamais de l'entendre !

Gonzalo et le professeur, qui étaient restés éloignés de la porte, s'approchèrent à leur tour pour entendre cette histoire. Et PAULINA commença à *raconter*.

En réalité, le roi cruel mit une boule d'argent sous chaque vase, mais aucune boule d'or.

Le prisonnier s'en aperçut, mais il ne pouvait pas accuser le roi d'avoir triché !
Comment fit-il donc pour se sauver, tout en ne choisissant qu'un seul vase ?

DEVINETTE :

COMMENT LE PRISONNIER RÉUSSIT-IL À AVOIR LA VIE SAUVE, EN NE CHOISISSANT POURTANT QU'UN SEUL VASE ?

DÉCOUVRE-LE À LA PAGE SUIVANTE.

'Celui-ci est le vase avec la boule d'argent !

Il a été plus malin que moi !

Les amies de Paulina et les deux ARCHÉOLOGUES écoutèrent avec beaucoup d'intérêt et d'attention l'histoire du souverain déloyal et du pauvre **PRISONNIER** aux prises avec un défi apparemment impossible.

– Comme réussit-il à se sauver ? demanda Nicky.

– Il choisit un vase au hasard, répondit Violet.

– VIOLET A RAISON ! dit Paulina. Le prisonnier montre un des deux vases et dit : « La boule d'argent est sous celui-ci ! Par conséquent, la boule d'or est sous l'autre ». Puis il soulève le vase et montre la boule d'argent.

Le roi est alors obligé de le libérer, car s'il laissait voir qu'*il n'y a pas* de boule d'or sous l'autre vase, il révélerait en même temps sa **fourberie** !

Le professeur sourit, AMUSÉ :

– Bien sûr, le seul moyen pour ne pas traiter le roi de MENTEUR était de choisir un vase au hasard ! N'importe lequel ! Et nous ferons pareil avec les deux poignées : peu importe celle que nous choisissons, il suffit de ne pas les actionner toutes les deux ensemble !

Quantayacapa posa donc sa patte droite sur l'une des poignées, en la faisant pivoter lentement.

On entendit un déclic : **TRAK !**

Tout d'abord, il ne se passa rien.

Puis... la **TERRE** se mit à trembler ! Les engrenages, vieux de plusieurs siècles, se remettaient à tourner.

KROUNK... KROUNK...
KROOOOOOOOOOOOUNK !!!

Alors la porte, lentement, s'ouvrit ! Tous restèrent là, le souffle coupé.

Gonzalo s'approcha de Manadunca :

– Tu es malhonnête, mais tu es tout de même archéologue… et c'est un moment important pour toute l'ARCHÉOLOGIE. Il est juste que tu entres avec nous, toi aussi !

Laissant ses trois complices en sûreté et bien attachés, nos amis franchirent le seuil de la

Porte du Soleil !

DANS LA CITÉ SECRÈTE ¡

La porte s'ouvrit toute grande sur une vaste salle en demi-cercle. De là, partaient trois couloirs. Une faible LUMIÈRE tombait de quelques petites fenêtres placées haut, tout près du plafond.

Mais la cité, la ville, où était-elle ? Où étaient ses rues, ses palais, ses jardins ? !

– Ce n'est pas une véritable « ville », expliqua Gonzalo. D'ailleurs, elle n'a jamais été habitée. Elle servait uniquement à protéger le trésor.

– J'imagine que le TRÉSOR n'est pas à portée de main, non ? ! dit Nicky.

– Mais tu sais comment le trouver, mon garçon, n'est-ce pas ? demanda le professeur à Gonzalo.

La réponse ne fut pourtant pas celle à laquelle s'attendait le professeur :

– Non, papa. Je n'en ai pas la moindre idée !

– Que veux-tu dire, Gonzalo ? ! Tu nous as amenés jusqu'ici pour rien ?

– Ah, compliments... commenta Manadunca d'un ton acide.

Gonzalo haussa les épaules :

– Il y a sûrement un LABYRINTHE. On en construisait beaucoup autrefois, pour cacher les trésors. Nous devons faire attention à ne pas nous perdre... et, à ce sujet, il m'est venu une idée !

Gonzalo prit parmi l'OUTILLAGE de Manadunca une longue corde. Elle servirait à indiquer le trajet suivi (même lorsqu'ils seraient obligés de revenir sur leurs pas). Puis il ajouta, à l'adresse de tous :

– Ouvrez les yeux ! Il peut y avoir des CHAUSSE-TRAPES !

Ils commencèrent par la porte centrale. Gonzalo défit les liens de Manadunca :

– Je sais que tu n'essaieras pas de t'enfuir, maintenant que nous sommes près du trésor !

Le labyrinthe est une construction dans laquelle les pièces et les couloirs se croisent d'une manière si compliquée qu'il devient difficile de trouver la sortie. La légende raconte que le premier labyrinthe fut construit sur l'île de Crète par Dédale, sur ordre du roi Minos. Le souverain, en effet, voulait y garder enfermé le Minotaure, un monstre à corps humain et tête de taureau dont on disait qu'il était le père.

La légende raconte, de plus, que Minos, le terrible roi de Crète, exigea de la ville d'Athènes qu'elle lui remette sept jeunes garçons et sept jeunes filles pour les sacrifier au Minotaure. Le fils du roi d'Athènes, Thésée, s'unit au groupe des jeunes gens, avec l'intention de tuer le monstre. Mais Minos avait une fille, Ariane. Celle-ci, aussitôt qu'elle vit le beau Thésée, en tomba amoureuse. Parce qu'elle ne voulait pas qu'il meure, la jeune fille lui parla du labyrinthe et lui dit que personne n'en était jamais sorti. Aussi, pour l'aider, lui donna-t-elle une pelote de laine. Le fil était assez long pour que Thésée le déroule tout le long du labyrinthe et puisse ainsi retrouver la sortie. Grâce au fil d'Ariane, Thésée non seulement vainquit le Minotaure, mais put sortir sain et sauf du labyrinthe avec tous ses compagnons.

À chaque BIFURCATION rencontrée, Gonzalo choisissait la direction à prendre.

En même temps, il déroulait le rouleau de CORDE, pour indiquer le CHEMIN suivi.

Le professeur Quantayacapa et Manadunca marchaient derrière lui, suivis des cinq filles. Quand un mur leur BARRAIT la route, ils changeaient de direction, sans se perdre, puisque la corde était là pour indiquer le chemin déjà parcouru.

Les couloirs étaient étroits et hauts, avec de petites fenêtres près du plafond. La compagnie progressait dans la pénombre.

Ils entrevoyaient à peine les beaux dessins qui ornaient les murs.

Le sol également était orné de pierres de COULEUR. Apparemment, il n'y avait pas de danger, jusqu'au moment où... POUM ! Manadunca trébucha sur une pierre légèrement surélevée. Le sol se mit à bouger sous lui dans un grondement assourdissant puis s'effondra, ouvrant un gouffre énorme.

Là où, l'instant d'avant, il y avait encore le sol, se trouvait maintenant une **CREVASSE** sans fond ! Nicky se jeta vers une porte latérale et les autres filles bondirent à sa suite.

– AU SECOURS ! criait Manadunca, qui était resté suspendu au-dessus du vide.

Gonzalo l'avait rattrapé au vol :

– Accroche-toi à ma PATTE !

Avec l'aide de son père, il réussit, à grand-peine, à le remonter en lieu sûr.

Mais il y avait maintenant un autre problème : les Téa Sisters étaient de l'autre côté de la crevasse !

ILS ÉTAIENT SÉPARÉS !

LES IDÉES LES PLUS SIMPLES...

Gonzalo hurla aux **Téa Sisters** :

– Vous, attendez-nous ici ! Nous continuerons et nous reviendrons vous chercher le plus vite possible !

Et, sur ces mots, les trois archéologues disparurent dans les profondeurs du LABYRINTHE.

Mais les filles n'étaient pas du tout d'accord avec le plan de Gonzalo.

– C'est peut-être nous qui nous trouvons dans la bonne DIRECTION ! dit Paméla.

– Si nous continuons, nous pourrons peut-être même trouver une autre sortie, ajouta Nicky.

– Je veux continuer moi aussi ! dit Violet. Mais comment faire pour ne pas nous perdre ?

– Nous n'avons rien pour remplacer la CORDE et éviter de nous perdre dans le labyrinthe ! constata Colette DÉCOURAGÉE.
Paulina réfléchissait.
Puis elle sortit de sa poche un stylo et un petit calepin pour prendre des notes :
– Nous allons nous servir de ça ! dit-elle. À chaque BIFURCATION, nous marquerons si nous avons tourné à gauche ou à droite ! De cette façon, si nous sommes obligées de revenir en arrière, nous éviterons de refaire le chemin déjà parcouru !
À la première bifurcation qu'elles trouvèrent, Paulina inscrivit un chiffre et une lettre : 1D.
– Qu'est-ce que ça veut dire ? demanda Violet.
– Première bifurcation à droite, expliqua Paulina. Tandis que 1G aurait voulu dire première bifurcation à gauche. 2D pour deuxième bifurcation à droite, et ainsi de suite...
– FANTASOURISTIQUE !
Paméla, enthousiaste, serra Paulina dans ses bras.

– Les idées les plus simples sont celles qui marchent le mieux... mais toi, en tout cas, tu es **géniale !**

ELLES ÉTAIENT PRÊTES À CONTINUER.

LE SIGNE DU JAGUAR !

Pendant ce temps, Gonzalo, le professeur et Manadunca avançaient **RAPIDEMENT** le long des couloirs *compliqués* dans la direction opposée à celle que suivaient les filles.

dans la direction opposée à celle que suivaient les filles.

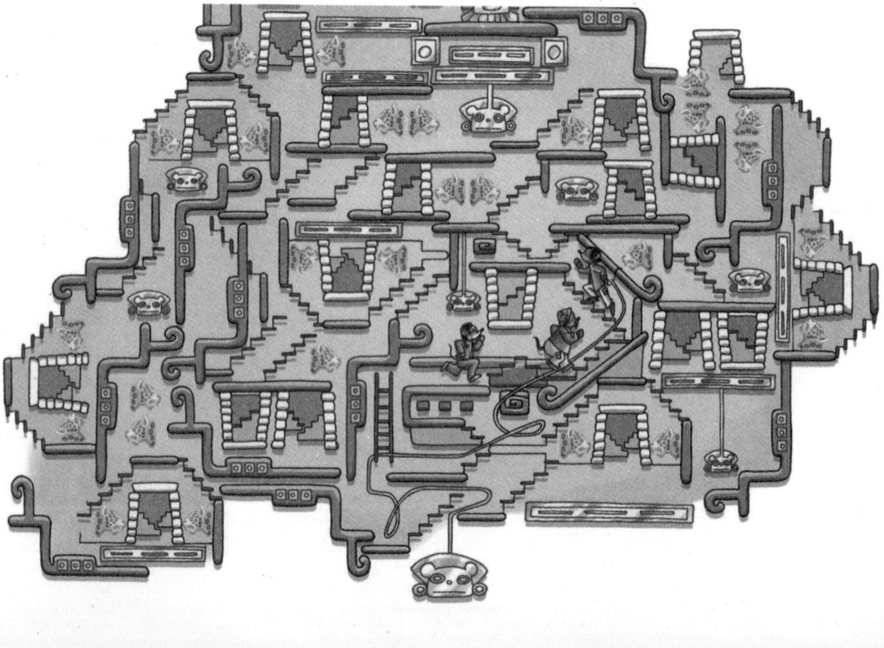

Le chemin devenait de plus en plus tortueux, avec des escaliers qui montaient et descendaient. Sauf qu'à un moment donné, il n'y eut plus de corde !

– Et maintenant ? demanda Manadunca. Comment ferons-nous pour ne pas nous perdre dans le labyrinthe ?

– Essayons de suivre les dessins, proposa Gonzalo. J'ai remarqué que près de chaque bifurcation il y a un dessin qui représente la tête d'un JAGUAR. Nous ferons comme si c'était une flèche : nous irons dans la direction vers laquelle son museau est tourné.

– Et si nous arrivons dans une impasse ? insista Manadunca.

– Nous ferons demi-tour et, en repartant du jaguar, nous irons dans la direction opposée !

NOUS SUIVRONS LE JAGUAR !

L'idée du **JAGUAR** paraissait sensée, et ils la suivirent, confiants.

Là où le couloir **BIFURQUAIT**, il y avait toujours le dessin d'un jaguar. Mais ils notèrent que celui-ci était, bizarrement, toujours tourné vers la gauche.

Et en effet… ils se retrouvèrent, pour finir, à leur point de départ !

Par terre se trouvait la CORDE.

PRIS AU PIÈGE !

Pour les Téa Sisters aussi, l'avancée n'avait pas été facile. Le **LABYRINTHE** était vraiment compliqué !
Sans compter qu'elles avaient peur qu'un piège s'ouvre sous leurs pas, comme c'était arrivé à **Manadunca**.
Elles avançaient en file indienne, posant les pieds sur les *PIERRES* où Paulina, qui était en tête, avait déjà marché.

– Nous avançons à une vitesse d'escargot ! se lamentait Paméla.

Le labyrinthe commençait à mettre leurs NERFS et leur patience à rude épreuve, mais le pire restait à venir.

Il commença (le pire) par une sorte de sifflement :

SSSSSSSSSSSSSSSSSSSSFFFFFFFFFFFF

Les Téa Sisters regardèrent autour d'elles, mais ne virent rien de particulier.

Pourtant, tout à coup, QUELQUE CHOSE les heurta.

Que se passait-il ?

Une avalanche de boulettes de glaise arrivant de partout tombait sur les filles !

TAPAT APATA PATAPA TAPAT APATA PATAPA TAPA

Les Téa Sisters se précipitèrent pour quitter cet endroit, tandis que les boulettes continuaient de pleuvoir comme la grêle.

Elles choisirent la seule issue possible, mais aussitôt après leur passage une grille

dégringola du plafond

et se ferma derrière elles.

Impossible de revenir en arrière !

Elles se retrouvaient à l'intérieur d'une toute petite pièce plongée dans le **NOIR**, sans porte ni fenêtres.

– NOUS SOMMES PRISES AU PIÈGE ! s'écria Paulina, terrorisée.

Avant que la nuit tombe

– Nous avons tourné en rond comme des toupies ! lâcha le professeur Quantayacapa.

– Suivre le museau du jaguar ne nous a menés nulle part ! Nous devrions peut-être essayer la direction opposée ! dit Gonzalo.

Et il reprit la marche d'un pas décidé.

Manadunca commençait à montrer des signes d'impatience :

– L'important, c'est d'arriver au trésor !

Ils marchaient d'un pas RAPIDE, craignant qu'il ne fasse bientôt NOIR. Sans la lumière qui tombait des fenêtres, ils n'y verraient plus rien et seraient obligés de s'arrêter.

Heureusement, cependant, le parcours devenait plus facile, les couloirs plus larges et plus lumineux.

Il n'y avait plus d'escaliers, mais seulement une pente légère.

– Peut-être sommes-nous dans la bonne direction ! s'exclama Gonzalo.

– Le trésor ne peut pas être loin ! dit Manadunca d'une voix assurée.

– LÀ ! tonna la grosse voix de Quantayacapa.

Devant eux se trouvait une magnifique porte toute décorée, identique à la Porte du Soleil, mais un peu plus petite.

– Elle s'ouvre peut-être de la même manière ! réfléchit Quantayacapa.

Il posa la patte sur une des deux poignées, et la porte, brusquement, s'ouvrit !

Manadunca, qui se trouvait derrière les deux autres, les poussa pour entrer le premier, certain d'être arrivé au trésor.

Mais... ILS SE RETROUVÈRENT TOUS LES TROIS GLISSANT SUR UN ÉNORME TOBOGGAN !

LA PORTE SECRÈTE

Se retrouver **PRISONNIÈRES** dans une pièce sans issue était vraiment un coup dur pour les Téa Sisters !

– J'y-crois-pas-j'y-crois-pas-j'y-crois-pas-j'y-crois-pas ! explosa Colette, exaspérée.

– **Cette fois, c'est la panne sèche !** les filles, dit Paméla, découragée.

– Et qui va nous tirer de là ? grommela Paulina.

Nicky, l'air maussade et déçu, ne trouvait rien à dire.

Elle s'appuya, dos au mur, méditant sur une solution.

Le mur, derrière elle, se mit à BOUGER. Comment était-ce possible ? !

Nicky toucha de nouveau la paroi. Elle semblait pareille aux autres, mais au toucher on sentait qu'elle n'était pas en PIERRE.

– C'est du BOIS ! s'écria Nicky. Un mur en bois, ou plutôt… un *faux mur !*

Les filles se pressèrent autour d'elle pour toucher le mur.

– C'est vraiment du bois ! dit Paméla en tapant dessus.

– Ce doit être une PORTE SECRÈTE, peinte comme les autres parois, pour cacher… peut-être un passage ? observa Paulina.

Colette essaya de pousser dessus.

Le mur vibra, mais ne bougea pas.

– Qui sait comment ça s'ouvre ?

– Laisse-moi essayer, Colette ! dit Violet, en posant sur le mur ses deux PATTES à plat et en poussant pour le faire glisser sur le côté.

– Et si c'était une porte coulissante ?
L'intuition de Violet était juste, la porte se mit à glisser latéralement. Devant elles se trouvait le passage principal, celui qui les mènerait directement au...

– TRÉSOR !!! crièrent ensemble les filles, en sautant et s'embrassant de JOIE.

DEHORS ¡

Pendant ce temps, le professeur, Gonzalo et Manadunca, tombés dans le piège, continuaient à descendre à toute vitesse.

– **AU SECOOOOOOOOOURS** ! criaient-ils, tandis que le toboggan devenait de plus en plus raide et leur chute plus vertigineuse.

Enfin le toboggan prit fin, et ils **roulèrent** à l'extérieur, à l'air libre, le long d'une légère pente.

Les trois archéologues s'étaient crus arrivés au trésor, et voilà qu'ils étaient tombés dans un nouveau piège, les éjectant pour de bon de la Cité Secrète !

– OUILLE-OUILLE-OUILLE ! gémissait le professeur Quantayacapa.

Il avait atterri au milieu d'un buisson d'épines et n'arrivait pas à se dégager.
Gonzalo se releva et courut aider son père :
– Tout va bien, papa ?
– Rien de **CASSÉ**, fiston ! le rassura son père. J'*aimais* beaucoup les toboggans quand j'étais petit, mais je suis trop vieux maintenant pour certaines choses ! Eh oui !
Manadunca, pendant ce temps, avait **roulé** bien plus bas qu'eux. Il vit que le père et le fils ne s'occupaient pas de lui.

C'était le bon moment pour s'éclipser, vif et rapide comme un **rat** !

DANS LA SALLE DU TRÉSOR

Les Téa Sisters étaient presque arrivées à la salle du trésor !

Elles pouvaient **l'entrevoir**, au bout du petit couloir qui les en séparait encore de quelques mètres.

Paulina fut la première à bouger, et les autres la suivirent.

Une vaste salle, soutenue par de hautes colonnes, s'ouvrit devant leurs **yeux** ébahis.

Les murs étaient recouverts de *peintures* aux couleurs vives.

Le plafond était bleu.

C'était un extraordinaire *ciel étoilé*, décoré d'astres qui formaient des constellations.

Dans la salle se trouvait une quantité incroyable d'objets, tous rangés avec soin.

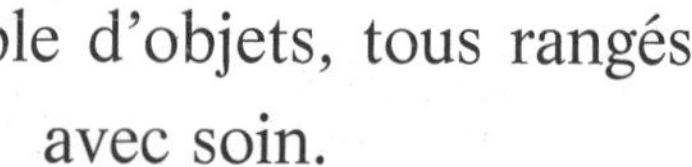

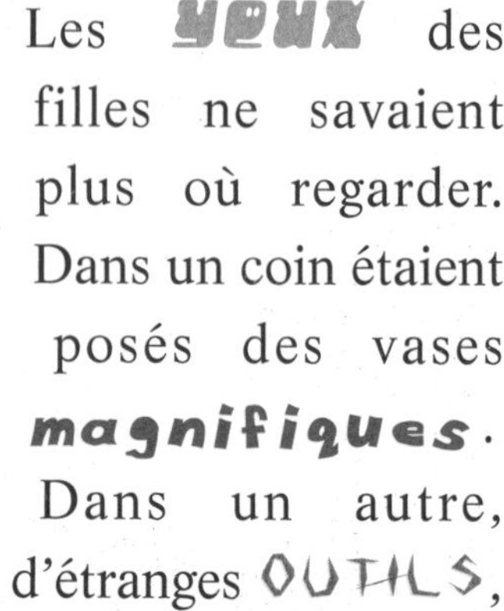

Les YEUX des filles ne savaient plus où regarder. Dans un coin étaient posés des vases magnifiques. Dans un autre, d'étranges OUTILS, dans un autre encore des étoffes et des métiers à tisser. Et partout, quantité de jarres soigneusement fermées. Il y avait beaucoup de POUSSIÈRE et de toiles d'araignées, bien sûr, mais tous ces objets avaient résisté à l'épreuve du temps et semblaient parfaitement conservés. Plus qu'à un immense coffre-fort, cette salle ressemblait à un incroyable musée qui révélait au monde d'aujourd'hui, plus de cinq cents ans après, l'image d'un monde d'hier, disparu depuis des siècles.

Les Téa Sisters s'éparpillèrent au hasard à l'intérieur de la grande salle, émues de voir autant de merveilles.

– Quel drôle de... trésor ! s'exclama Paulina.

– C'est vrai ! admit Paméla en regardant autour d'elle. Il n'y a nulle part de caisses d'or ni de pierres précieuses !

– Il y a des vases, des statuettes, des flacons et des tissus... dit Colette en pivotant sur elle-même, pour admirer toutes les merveilles qui l'entouraient.

Paulina, pendant ce temps, observait les dessins sur les murs.

Les couleurs étaient encore éclatantes et les *images* apparaissaient très nettement.

Les scènes sur les murs représentaient des moments de la vie quotidienne.

– Regardez tous ces quipu !

s'exclama Violet, qui avait découvert une caisse remplie de cordelettes NOUÉES, rangées avec un soin extrême.

Violet et Paulina n'eurent besoin que d'un seul regard pour se comprendre :

– *Le voilà,* le **VRAI TRÉSOR !** s'exclama la première.

– Un trésor immense ! confirma la seconde.

Et aux autres, qui ne comprenaient toujours pas, elles dirent :

– Les INCAS ont conservé ici toute leur **HISTOIRE** et toute leur civilisation ! Tout leur savoir !

– Il avait raison, le profes-

seur Quantayacapa ! C'est la connaissance qui est vraiment le plus grand trésor ! dit Paméla.

– Ils ont conservé les mémoires de leurs architectes, qui étaient capables d'**ÉLEVER** des murailles cyclopéennes au sommet des Andes ! expliqua Violet, indiquant un dessin qui montrait la construction d'un temple.

– Ils ont conservé le savoir de leurs **astronomes**, capables d'étudier les étoiles sans utiliser de télescopes ! poursuivit Paulina en regardant le plafond.

ILS ONT CONSERVÉ LES MÉMOIRES DE LEURS ARCHITECTES

ILS ONT CONSERVÉ LE SAVOIR DE LEURS ASTRONOMES

– Ils ont conservé aussi leurs secrets de **beauté !** intervint Colette. Dans ces flacons, il y a des **PARFUMS** délicieux !

Paulina était émue :

– Ne trouvez-vous pas magnifique qu'au lieu de cacher l'or et l'argent, les Incas aient enfermé dans la **Cité Secrète** tout leur savoir ?

Paméla, Violet, Colette et Nicky s'écrièrent toutes en même temps :

– **FANTASOURISTIQUES, CES INCAS !**

EN VOL !

Sortir du **LABYRINTHE** fut beaucoup plus simple et plus **RAPIDE** qu'y entrer.
La grêle de boulettes de glaise s'était arrêtée.
La grille qui s'était refermée derrière elles était en grande partie faite de **BOIS** à moitié pourri.
Et quant à s'y retrouver parmi tous les couloirs, ce fut plus facile qu'elles ne le pensaient.
Quand les Téa Sisters sortirent par la **Porte du Soleil**, elles trouvèrent le professeur Quantayacapa et son fils Gonzalo qui les y attendaient.
La grande nouvelle que le trésor était retrouvé fut un peu assombrie par la nouvelle de la fuite du professeur Manadunca.

– Je m'en suis aperçu trop tard ! admit Gonzalo, désolé. Nous n'arriverons plus à le rattraper.

Mais Paméla n'était pas d'accord :

– Il y a peut-être un moyen ! Regardez !

Paméla avait remarqué un tas bizarre, caché au milieu des branches. Elle les déplaça et…

– Le **CONDOR GÉANT** ! s'exclama Violet.

Là, caché entre les buissons, il y avait en effet le faux condor, celui qui avait semé une telle **PEUR** parmi les habitants du haut plateau.

Comme l'avait dit Gonzalo, il s'agissait en réalité

d'un simple planeur à **moteur**, recouvert de plumes de corbeau, avec une fausse tête de rapace.

Paméla n'hésita pas un instant, elle monta dans le planeur et s'installa aux commandes. Violet, inquiète, **HURLA** :

– Quelle idée as-tu en tête ?

– Rien qu'un petit tour ! répondit Paméla.

Puis elle démarra et prit son envol.

Ce **forban** de Paco Manadunca, pendant ce temps-là, franchissait un petit pont de corde, sûr d'être tiré d'affaire. Personne ne pourrait plus le rattraper, maintenant. « Ils ne savent pas dans quelle direction je me suis échappé, ni où j'ai laissé mon **4X4** ! », se disait-il.

Certes, il avait encore beaucoup de chemin à faire à pied, mais l'important, c'était de ne pas finir en **PRISON !**

Tout à coup, un cri terrible le fit sursauter :

CRIIIEEEEEEEEEEEEEEEEEEEEEEEEEEEEEEEK !

Manadunca n'arrivait pas y croire.

Cela *ressemblait* vraiment au cri de son... planeur-condor !

CRIIIEEEEEEEEEEEEEEEEEEEEEEEEEEEEEK

Un instant...

C'était son planeur-condor !

Mais puisque lui-même était sur ce pont, et que ses complices étaient encore attachés devant la cité secrète…

… qui était aux commandes ?

Manadunca leva les yeux au ciel, mais il perdit l'équilibre et…

il se retrouva suspendu dans le vide, la tête en bas, un pied coincé dans les CORDES.

– **AU SECOOOOOOOOOOURS** !

EN VOL !

Peu à peu, cependant, les cordes se détendaient, car Manadunca continuait de s'agiter.

– **JE TOOOMBE !**

Paméla se lança en piqué sous le pont, juste au moment où Manadunca commençait à CHUTER.

Manadunca se crut perdu, mais…

TOUMP !

Il tomba exactement sur le planeur.

UNE NOUVELLE TÉA SISTER !

Je pourrais ici écrire le mot « fin ».

Paco Manadunca et ses trois compères furent remis à la police de Cuzco. Les deux **Quantayacapa**, père et fils, annoncèrent au monde la nouvelle extraordinaire :

INCROYABLE !
ON A RETROUVÉ LA CITÉ SECRÈTE DES INCAS !

qui eut l'honneur de la première page des journaux du monde entier.

Maria et Paulina se retrouvèrent à **MACHU PICCHU**. La petite avait voulu se précipiter à la rencontre de sa sœur, et l'oncle et la tante avaient été heureux de lui faire ce plaisir.

MARIA NE SE TENAIT PLUS DE JOIE.

Après Paulina, Maria voulut embrasser tout le monde. Arrivée à Violet, elle tira une petite citrouille de son sac à dos et lui dit :

– Frilly va bien, mais je crois que tu lui as un peu manqué.

Violet prit la citrouille et remercia avec une profonde révérence à la manière chinoise.

Puis, tout aussi sérieusement, elle fit à ses amies cette proposition :

– Je crois vraiment que Maria mérite le titre de « Téa Sister » !

Les filles se réjouirent en chœur :

– Vive Maria !

Maria était toute *émotionnée* !
Elle n'en croyait pas ses oreilles !
Quand elles arrivèrent à CUZCO, les Téa Sisters furent accueillies en véritables héroïnes.
À la grande *fête* organisée en leur honneur, participèrent non seulement tous les membres des SOURIS BLEUES, mais la population tout entière.
Et en effet, Maria avait envoyé *un courriel* pour inviter tout le monde !

UN CADEAU POUR MARIA !

J'avais lu d'un seul trait toute l'**AVENTURE** de mes amies.

La **nuit** était complètement tombée maintenant. C'était la bonne heure pour téléphoner au Pérou (à cause des fuseaux horaires !).

Je voulais féliciter les Téa Sisters.

Mais je voulais aussi parler avec **Maria**.

J'avais envie de lui faire un cadeau et je le lui dis :

– Je vais écrire un livre sur l'aventure de la **Cité Secrète**. Dès qu'il sera imprimé, je te l'enverrai. Ainsi, quand tu liras l'histoire des Téa Sisters, tu auras l'impression de la vivre en même temps que ta chère Paulina !

Maria était *toute émue* :

– Merci, Téa !

J'ai tellement hâte de devenir une Téa Sister moi aussi, tu sais

Et je pensai à cet instant-là que cette **petite fille** promettait de devenir aussi dégourdie que sa grande sœur !

L'EMPIRE INCA

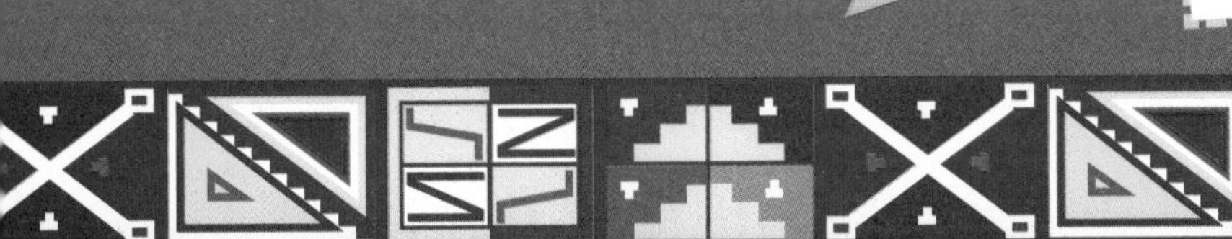

FLEUVE
AMAZONE
CORDILLÈRE DES ANDES
ROUTE ROYALE
DES
INCAS
MACHU
PICCHU
CUZCO
OCÉAN
PACIFIQUE
LAC
TITICACA

Au Pérou, avant les Incas, il y avait déjà eu de grandes civilisations nillénaires, comme les Chavìn, les Nohica, les Paracas, les Nazca, es Tiahuanaco, les Chimù. Ces peuples avaient des cultures très affinées, mais nous savons peu de choses d'eux, car ils n'ont pas aissé de témoignages, ni écrits ni oraux.
es Incas étaient originaires de la région autour du lac Titicaca.
s émigrèrent et arrivèrent au Pérou au début du XIIIe siècle.
eur expansion commença environ 150 ans avant que Christophe Colomb ne découvre l'Amérique, autrement dit vers 1350 ap. J.C.

L'empire inca unifia sous sa direction toutes les populations qui existaient déjà au Pérou et les fondit en une seule et grande civilisation. Pour y parvenir :

1) il fit en sorte que tous puissent se comprendre, en utilisant la même langue : le quechua ;
2) il construisit des routes très longues, qui permettaient la communication sur son très vaste territoire.

es Incas croyaient que le roi était le fils du Soleil.
'est pourquoi tout l'or (jaune et resplendissant comme a lumière solaire) et tout l'argent (blanc et brillant comme a lune) lui appartenaient. Ces deux matériaux précieux rrivaient à Cuzco de tout l'empire. À la mort du roi, une statue l'or grandeur nature était fondue et le palais, devenu le tombeau lu roi, était entièrement décoré d'or.

À Cuzco, le Temple du Soleil était appelé Coricancha, ce qui veut dire « enclos d'or ». Ses murs étaient revêtus de 700 plaques d'or massif et le temple contenait des épis de maïs d'or et d'argent grandeur nature, qui étaient plantés lors des rites liés à l'agriculture. Mais il y avait aussi des reproductions en or et argent de nombreux animaux (lamas, daims, lapins, renards, oiseaux, papillons, etc.), d'enfants et de fillettes, tous à taille réelle.

La route royale

La plus grande des routes Inca parcourait la Cordillère des Andes. Elle s'appelait **Capac-Nan**, traversait les actuels Équateur, Pérou, Bolivie, Chili et Argentine, et était longue de plus de 5000 kilomètres.
Une seconde route Inca parcourait la côte
et était reliée à la route principale par de nombreuses routes secondaires.

Comment les Incas faisaient-ils pour parcourir ces routes très longues, puisqu'ils n'avaient ni chariots ni chevaux ? **À pied, naturellement !** Seuls quelques-uns pouvaient se permettre de se faire transporter en chaise à porteurs.

Un chasqui, représenté comme un coureur ailé

CHASQUI

Les « facteurs » incas s'appelaient des **chasquis.** Ils étaient très rapides et parfaitement organisés en estafettes. De Quito à Cuzco (un parcours de plus de 2000 kilomètres, à une altitude moyenne de 4000 mètres !) ils ne mettaient que 5 jours. Les chasquis parcouraient chaque jour 200 kilomètres pour apporter du poisson frais au souverain !

Courir à des altitudes supérieures à 4000 mètres est très fatigant, mais les Incas étaient parfaitement adaptés à ces conditions. Il semble en effet que leur cœur ait été capable de pomper bien 50 % de sang de plus que la moyenne des êtres humains.

CURIOSITÉS INCAS

L'art du tissage était très répandu au Pérou. Les Incas l'héritèrent des peuples conquis par eux, en particulier des Paracas de la côte méridionale. La culture Paracas dura de 400 av. J.C. à 400 ap. J.C., et il est universellement reconnu que les tissus produits à cette période n'ont pas d'égal pour ce qui est des nuances de couleur, du raffinement et de la complexité ! Outre les tissus, les Paracas produisaient également des vêtements multicolores faits de **plumes !**

Le roi Inca ne mettait jamais deux fois le même vêtement. Dès qu'il l'enlevait, il le faisait brûler ! À lui étaient réservés les tissus les plus précieux, comme la laine de vigogne et une sorte de soie faite avec des ailes de… **chauve-souris !**

Les conquistadors espagnols appelèrent les nobles Incas **orejones,** ce qui veut dire « à grandes oreilles ». En effet, c'était un signe de prestige chez les Incas que de se percer les lobes des oreilles et de les allonger en y accrochant des ornements. Imaginez que les lobes du roi Inca arrivaient jusqu'à ses épaules !

Les Incas ne connaissaient pas les instruments à corde mais possédaient une grande variété d'instruments à vent et à percussion. Des flûtes en os, appelées *piroro*, et des flûtes de roseau appelées *quena* ; l'*antara*, que nous connaissons sous le nom de flûte de Pan ; le *pototo*, un grand coquillage dont on jouait comme d'une trompette ; le *tin-ya*, un tambourin fait de peau de lama, qui donnait le rythme dans les danses.

Antara : Flûte de Pan

Quena : flûte

Tin-ya : tambourin

Piroro : une sorte de trompette

Pototo : coquillage

LA PACHAMANCA : RECETTE INCA

Pachamanca veut dire « nourriture cuite sous la terre ». C'est un plat qui remonte à 1500 av. J.C., donc à une époque précédant l'Empire Inca, mais qui se cuisine aujourd'hui encore au Pérou, surtout à l'occasion des fêtes.

Selon la recette originelle, la viande, les différents tubercules et le maïs étaient mis dans la terre, au fond d'un trou tapissé de feuilles de bananier, et assaisonnés de cannelle et de clous de girofle. Puis l'ensemble était recouvert d'une couche de feuilles, de pierres chaudes et de terre. Les aliments cuisaient lentement, grâce à la chaleur des pierres brûlantes. Au bout de 12 heures, on ouvrait le trou.

Aujourd'hui encore, les pommes de terre à chair blanche et à chair jaune, le maïs tendre, le *camote* (un tubercule sucré, jaune ou rouge), la viande de poulet ou de porc sont cuits ensemble dans ces sortes de fours improvisés dans le sol, et sont accompagnés d'une sauce aux herbes et au fromage.

Journal à dix pattes !

MAIS QU'EST-CE QUE TU T'ES MIS EN TÊTE ?

Au Pérou, nous aimons les chapeaux ! Il y en a de toutes les formes et de toutes les couleurs, mais chacun personnalise le sien en y ajoutant des fleurs, des perles, des rubans ou n'importe quoi qui lui passe par... la tête !
Peut-être avons-nous hérité cette tradition des Incas ?
On sait que chaque tribu inca avait un COUVRE-CHEF différent, pour se distinguer des autres tribus au premier coup d'œil. Tout membre de la tribu devait obligatoirement porter ce couvre-chef quand il se rendait au marché ou quand il prenait part à des cérémonies. C'était en quelque sorte un signe de reconnaissance !

Bonnet inspiré du « morione », le casque des soldats espagnols du XVIe siècle

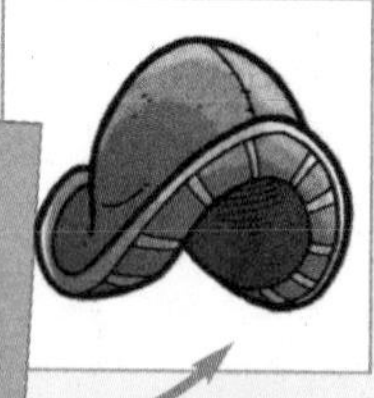

Le célèbre bonne péruvien en laine a rabats sur les oreil

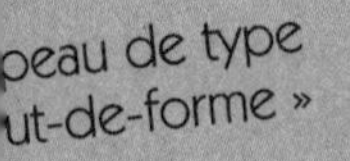

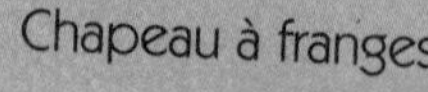

Dis-moi de quel chapeau tu es...

Nos vêtements parlent pour nous, ils révèlent nos GOÛTS mais aussi notre **CARACTÈRE**.
Le chapeau est le premier des *accessoires* qui saute aux yeux.
Nous le savons bien, nous, les Téa Sisters, et nous avons choisi. Et toi ?

A

B

C

D

E

Tourne la page et découvre toi aussi…
« de quel chapeau tu es » !

Réponses au test « Dis-moi de quel chapeau tu es ? »

Le chapeau de cow-boy est le symbole de l'aventure. Tu aimes vivre en contact avec la nature, tu ne crains pas les intempéries, parce que tu sais mettre les vêtements qu'il faut.

Tu adores les grands chapeaux, avec des fleurs dessus et, pourquoi pas, une voilette ? Tu es romantique et sûre de ton charme, exactement comme Colette !

Tu as choisi le bonnet chaud et coloré de Paulina ? Tu es douce et affectueuse, mais tu es aussi pleine d'esprit. Tu aimes la compagnie et la famille compte beaucoup pour toi.

La chapka de Violet (en fausse fourrure !) en dit beaucoup sur toi : elle est chaude mais élégante. Tu es exigeante avec toi-même et avec les autres, mais tu donnes aussi toujours le meilleur de toi-même !

Pas de chapeau pour Paméla ! Le seul qu'elle porte, c'est pour s'abriter de l'orage ! Es-tu pareille, toi aussi ? Son tempérament est vif et elle ne supporte ni les ordres ni les limitations.

LA RECETTE DE TANTE NIDIA

Crème de choclo au four

Demande l'aide d'un adulte avant de cuisiner !

Ingrédients : 10 grands épis de maïs précuit (en quechua, le maïs se dit choclo) ; 1/2 litre de lait frais entier ; 1/2 kilo d'oignons hachés fin ; 1 bol de beurre ; 1 bol de lait écrémé ; 2 œufs ; 1/2 bol de sucre ; 1 sachet de sucre vanillé ; 1 pincée de sel.

Préparation : Enlève les grains des épis de maïs et mixe-les avec le lait entier. Passe le mélange dans une passoire à gros trous, pour éliminer l'enveloppe des grains. Fais dorer l'oignon dans un peu de beurre. Ajoute l'oignon à la bouillie de maïs. Fais fondre le reste du beurre dans une casserole puis verses-y le maïs, en remuant constamment. Pendant cette opération, ajoute le lait écrémé. Tu dois obtenir un mélange épais et crémeux. Ajoute alors le sucre, le sucre vanillé et le sel, mélange bien et retire la casserole du feu. Quand la crème est devenue tiède, ajoute les œufs et tourne pour bien amalgamer le tout. Verse ensuite la crème dans un plat à four beurré. Fais cuire pendant une heure dans le four à 200°, jusqu'à ce que le dessus soit doré. Sers bien chaud.

MARIA ET TANTE NIDIA FONT LA CUISINE

JEU

QUELS ALIMENTS NOUS SONT VENUS D'AMÉRIQUE ?

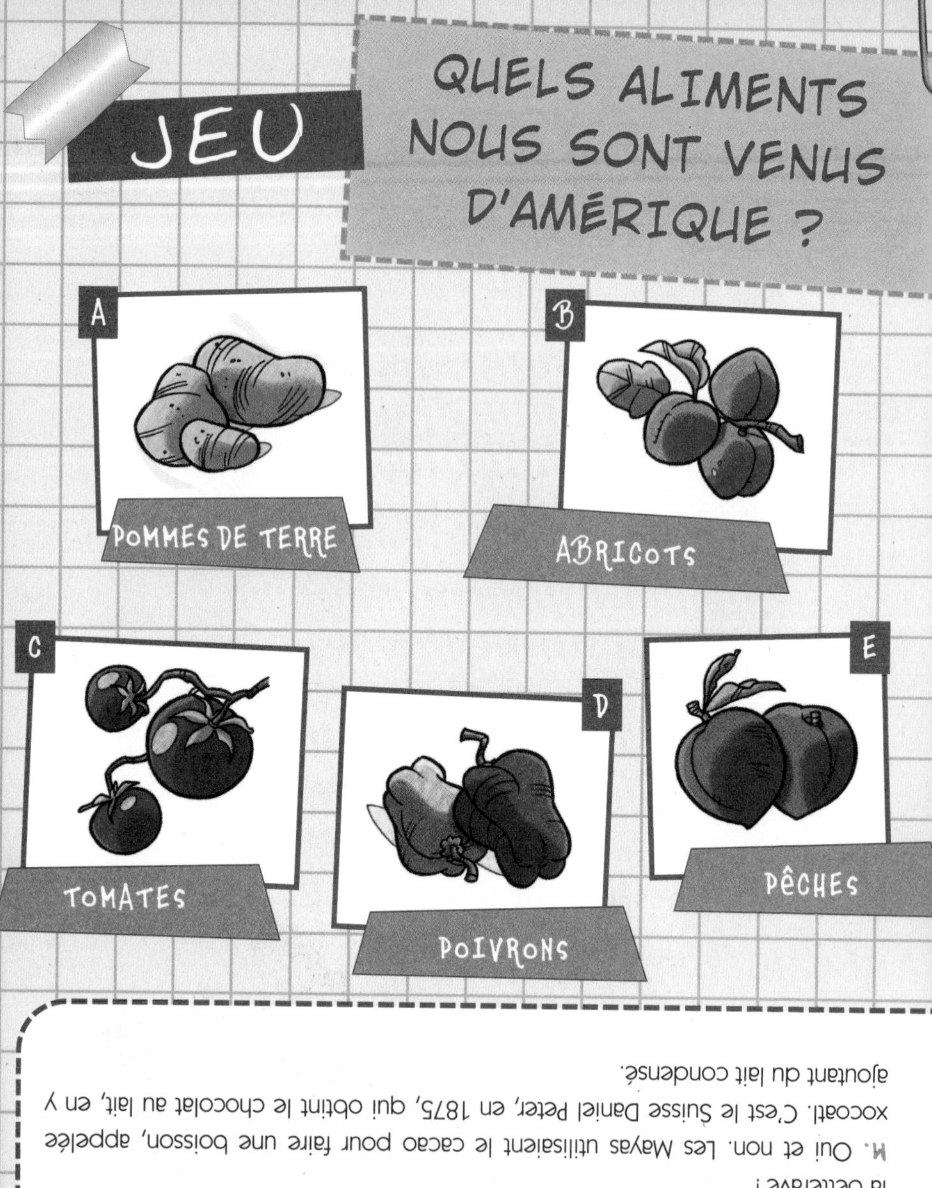

G. Non. Le café est originaire d'Éthiopie et ce sont les Européens qui en ont répandu la culture en Amérique.

H. Oui. Le maïs est la contribution la plus importante du Nouveau Monde à l'alimentation humaine. Il est cultivé aujourd'hui dans le monde entier.

I. Non. Les aubergines sont originaires d'Asie du Sud et d'Afrique.

L. Non. La « canne à sucre » est originaire d'Asie et fut apportée en Europe par les Arabes en 1100 ap. J.-C. Le sucre blanc, aujourd'hui le plus répandu, est extrait de la betterave !

M. Oui et non. Les Mayas utilisaient le cacao pour faire une boisson, appelée xocoatl. C'est le Suisse Daniel Peter, en 1875, qui obtint le chocolat au lait, en y ajoutant du lait condensé.

A. Oui. Les paysans incas réussirent à produire de nombreuses variétés de pommes de terre. Le « Centro Internacional de la Papa » (Centre International de la Pomme de terre, à Lima) en a répertorié au moins 4000 !

B. Non. L'abricotier est un arbre originaire de Chine. C'est Alexandre le Grand qui le fit venir d'Arménie en Europe.

C. Oui. La tomate fut importée en Europe d'Amérique, mais on croyait au début qu'elle était vénéneuse !

D. Oui. Christophe Colomb apporta en Europe quelques exemplaires de piments (variété piquante du poivron).

E. Non. Le pêcher est un arbre originaire de la Chine. Louis XIV, le Roi-Soleil, très friand de ce fruit, répandit sa culture en Europe.

F. Non. Les fraises étaient déjà connues dans les Alpes au temps des Romains.

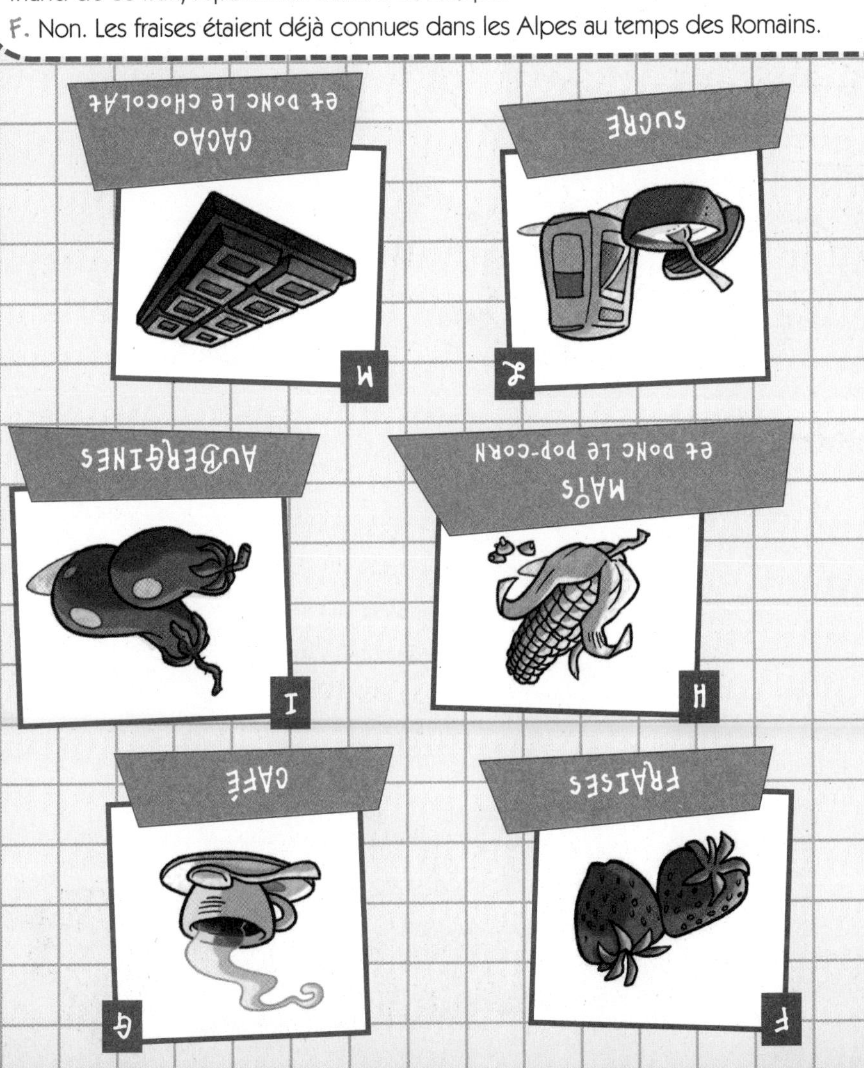

LA CHAMBRE (QUI SE DIT « PUÑUNA » EN QUECHUA) DE PAULINA ET MARIA

Comme elle a grandi, ces derniers mois, ma petite sœur ! Je suis si heureuse que les Téa Sisters aient pu faire sa connaissance ! Elle est devenue notre mascotte. Violet a raison : elle est très intelligente et il est temps maintenant que je lui apprenne à se servir de mon ordinateur. Ainsi, grâce à la webcam (une caméra vidéo reliée à l'ordinateur), je pourrai la voir grandir, même si nous sommes éloignées.

1

5

6

7

Quand Paulina est à Raxford, notre chambre est pour moi toute seule ! Sauf son ordinateur, évidemment ! Paulina y tient plus que tout, mais elle m'a appris à m'en servir et maintenant nous pouvons nous parler et nous voir grâce à la webcam !

1 Mon coin de travail préféré ! — 2 Lui, c'est Toco, le toucan de Maria. Un vrai chenapan, mais très sympathique ! — 3 Quel voyage merveilleux ! — 4 Eux, ce sont mes parents. Ils nous ressemblent, à Maria et moi, non ? — 5 Maria est très portée sur le dessin… à l'inverse de moi ! — 6 Vous voyez combien Maria a grandi ? — 7 Combien d'heures passées à jouer, Maria et moi, avec cette maison de poupées ! — 8 Je suis ornithologue amateur, le saviez-vous ? Je vous explique tout à la page suivante. — 9 Je continue à travailler pour les « Souris Bleues » même depuis Raxford, grâce à mon ordinateur !

OBSERVER LES OISEAUX

OBSERVER LES OISEAUX

L'observation des oiseaux ou l'ornithologie amateur (que certains appellent *birdwatching*, d'un mot anglais qui veut dire « regarder les oiseaux ») consiste à étudier les oiseaux, leur habitat et leur chant dans leur environnement naturel. C'est donc une activité de plein air qui se pratique partout et à n'importe quelle période de l'année. Née en Grande-Bretagne, à la fin du XIXe siècle, elle s'est répandue aujourd'hui dans le monde entier.

DES VÊTEMENTS CONFORTABLES DE COULEUR DISCRÈTE (DE PRÉFÉRENCE DU VERT ET DU MARRON)

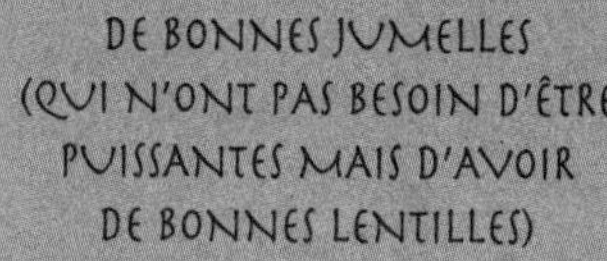

DE BONNES JUMELLES (QUI N'ONT PAS BESOIN D'ÊTRE PUISSANTES MAIS D'AVOIR DE BONNES LENTILLES)

UN MANUEL DE POCHE POUR RECONNAÎTRE LES OISEAUX

DES CHAUSSURES CONFORTABLES (LES MEILLEURES SONT LES CHAUSSURES DE MARCHE, SURTOUT EN MONTAGNE)

BEAUCOUP DE PATIENCE !

OÙ OBSERVER LES OISEAUX ?

Les plus belles observations se font en milieu naturel (lacs, lagunes, littoral, montagne, forêt, collines et campagne), mais on peut aussi observer en ville les oiseaux non migrateurs ou les migrateurs saisonniers.
Il existe aussi des parcs naturels ou des espaces protégés, avec des gardes spécialisés, qui peuvent t'aider, et aussi des cabanes spéciales situés dans les meilleurs endroits pour l'observation.

LE CODE DE L'ORNITHOLOGUE AMATEUR

1. Comporte-toi de manière à ne pas déranger les oiseaux ni les autres espèces sauvages.
2. N'utilise pas d'enregistrements ou de méthode similaire pour attirer les oiseaux.
3. Ne cours pas après les oiseaux ou ne les fais pas s'envoler exprès.
4. Ne touche pas et ne prends jamais ni les oiseaux ni les œufs.
5. Reste à une certaine distance des nids et des colonies de nidification, pour ne pas déranger les oiseaux et ne pas mettre en danger les œufs et les petits.

OBSERVER LES OISEAUX

L'HISTOIRE DE TOCO

Je voudrais te parler de Toco, mon toucan. C'est mon oncle Pedro qui l'a trouvé dans les bois, blessé et affamé. Nous l'avons soigné et maintenant, à la maison… c'est lui qui commande ! Il se promène dans toutes les pièces, il aime jouer et sait attraper les graines au vol. Il est si amusant et si propre que mon oncle Pedro ne l'a pas rapporté dans la forêt une fois guéri :

– S'il préfère la liberté, il peut s'en aller quand il veut. Les fenêtres sont ouvertes !

Et en effet, un matin, à mon réveil, il n'était plus là !

J'ai pleuré, mais mon oncle m'a expliqué qu'il ne fallait pas, que nous n'avons le droit de priver personne de sa liberté, même un animal. Je savais que mon oncle avait raison, mais j'étais triste quand même.

À une heure, pendant que nous étions à table, nous avons entendu tambouriner à la vitre. C'était Toco ! Il connaît nos horaires, et il était venu déjeuner avec nous.

Depuis, quand il fait mauvais temps, il reste à la maison, mais quand il fait beau, il sort faire un petit tour !

LA RECETTE DE MARIA !

« BISCUITS POUR LES PETITS OISEAUX »

Demande à un adulte de t'aider pour préparer ces « biscuits » .

IL TE FAUT :
Du millet en grains ; de la margarine ; de petits moules avec des formes sympathiques (petits cœurs, étoiles, fleurs, etc.) ; du papier-alu ; de jolis rubans.

PREPARATION :

1) Pose les moules sur des carrés découpés dans le papier-alu, un peu plus larges que les moules.

2) Fais une boucle avec chaque ruban. Place les deux extrémités de la boucle à l'intérieur du moule. Remplis chaque moule avec les graines de millet.

3) Fais fondre la margarine dans une petite casserole et verse-la sur le millet et les deux bouts du ruban, jusqu'à remplir le moule. Laisse refroidir puis mets les moules au réfrigérateur pour solidifier le mélange.

4) Sors les « biscuits » des moules. Attention à ne pas les casser ! À présent, tu peux les accrocher à ton balcon ou aux branches des arbres dans le jardin. Ce sera très joli, et les oiseaux les aimeront beaucoup !

ET VOILÀ !

PETIT DICTIONNAIRE QUECHUA
PÈRE = TAITA
FILS = CHURI
AIMER = MUNAY
SŒUR = ÑAÑA
AMIES =YANASU
ONCLE = KAKA
TANTE = IPA
SALUT ! = YAW !

D'AUTRES MOTS UTILES !

1 = juk
2 = ishkay
3 = kimsa
4 = tawa
5 = pishqa
6 = soqta
7 = kanchis
8 = pusac
9 = iskun
10 = chunka
100 = pacha
1.000 = waranq
oui = ari
non = manan
entrée = yaykuna
lundi = killachau
mardi = atipachau
mercredi = qoyllurchau
jeudi = illapachau
vendredi = chaskachau
samedi = kuychichau
dimanche = intichu
(= le jour du Soleil)
janvier = kamay killa
février = pogqoy
mars = pauqarwara
avril = ayriwa
mai = aymuray
juin = kuski
juillet = hawkaykuski
août = ṣitua
septembre = chawawarki
octobre = kantarayki
novembre = ayamarka
décembre = hatun raymi
printemps = sisa pacha
été = inti pacha
automne = huira pacha
hiver = tamia pacha
eau = yaku
fleuve = mayu
poisson = challwa
pluie = para
air = wayra
soleil = inti
lune = killa
jour= punchay
nuit = tuta
arbre = malki
fleur = tika
ami = yanasu
enfant = erqe
peuple = runa
beau = sumaq
bon = allin
que c'est bon ! = achalau !
nourriture = mikunamikuna
soif = chakiy
restaurant = bolyachiy
lait = lichi
pain = tanta
sel = kachi
merci ! = yusulpayki !
je vous en prie ! Imamanta !
main = maki
pied = chaki
grand = jatun
petit = uchuk
maison = wasii
hôtel = samana wasi
vite = uskay
combien ? = imay ?
quoi ? = Imata ?
là-bas = wakpi
ici = kayllapi
droite = alliq
gauche = ichuq
route = ñan
moi = noqa
toi = qam
bravo ! = wage !

LE PLANEUR...

Quand j'ai vu Paméla s'envoler avec le planeur camouflé de Manadunca, comme je l'ai enviée ! Que n'aurais-je pas donné pour être à sa place ! Eh bien, je dois dire qu'ensuite j'ai pu y faire un tour... Voler est le rêve de ma vie et voler dans un planeur est une émotion encore plus grande. Pourquoi ? parce qu'on vole sans moteur, en utilisant les courants aériens, exactement comme les oiseaux !

Fantasouristique !

C'est décidé : à Raxford, je prendrais des cours de vol à voile.

Le record de distance parcourue en un seul vol par un planeur est de 2463 kilomètres et il a été remporté dans les Andes. Le record mondial d'altitude pour un planeur est d'environ 15 000 mètres.

Le planeur

Le planeur est un aéroplane sans moteur, qui utilise les courants atmosphériques pour voler. La discipline pratiquée s'appelle le « vol à voile ». On fait décoller le planeur en l'accrochant à un treuil (dispositif permettant de soulever de gros poids à l'aide d'une corde ou d'un filin d'acier) monté sur un avion, ou bien en utilisant de petits moteurs auxiliaires. Les planeurs sportifs actuels sont très légers (un peu plus que le poids d'un homme) et peuvent *être monoplaces ou biplaces,* munis de patins ou de petites roues. Le planeur peut servir également au transport de matériaux.

...QUELLE ÉMOTION !

Le planeur, tiré par un avion ou mu par un petit moteur, monte en altitude. Il commence alors sa descente en vol plané, guidé par le pilote qui l'a décroché du filin ou qui a éteint le moteur. Il ne se contente pas de descendre, il peut aussi monter, en exploitant les courants qu'on appelle ascensionnels. Un bon pilote peut parcourir de grandes distances et voler longtemps : il regagne de l'altitude dès qu'il rencontre un courant ascensionnel et parcourt ensuite de longues distances pendant sa descente en vol plané.

Comment exploiter...

JE VOOOLE ! ! !

Je vous disais que Paméla m'avait fait faire un tour avec le planeur de Manadunca. Elle m'a expliqué ce qu'est un *thermique*, ce qu'est une *dynamique* et, le croirez-vous, elle m'a dit que dans certaines conditions très particulières on peut même glisser sur des *ondes* !

Le rêve, pour une passionnée de surf comme moi !

THERMIQUE. C'est une masse d'air que le soleil a réchauffé plus que l'air environnant. L'air chaud monte, et les planeurs gagnent de l'altitude en volant en spirale à l'intérieur de la colonne d'air, exactement comme les oiseaux.

...les courants aériens !

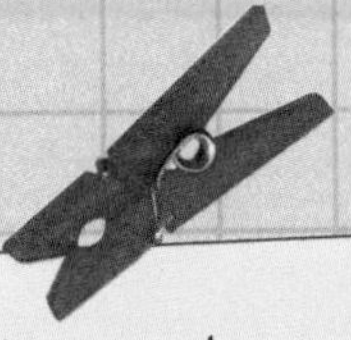

Dynamique. C'est un mouvement ascendant qui permet au planeur de voler. Il se produit quand le vent arrive contre le flanc d'une montagne et qu'il est obligé de monter. Quand la paroi est haute, on peut ainsi parcourir de grandes distances et voler vite, à condition de rester proche de la paroi, où la vitesse d'ascension de l'air est la plus grande.

Ondes. C'est un mouvement de l'air qui, après s'être élevé jusqu'à la crête d'une montagne, redescend de l'autre côté puis rebondit contre le sol avant de monter à nouveau. Le planeur peut utiliser ces masses d'air qui descendent puis remontent (parfois sur beaucoup de kilomètres) et qui lui permettent de parcourir de grandes distances.

Quelques mésaventures...

Les lamas ont un air de fierté et de dignité, mais ce sont en fait des animaux… très mal élevés ! Jamais ils ne vous écoutent quand vous leur donnez un ordre. Ils n'en font qu'à leur tête et quelquefois même… ils crachent ! Tu trouves ça bien, toi ? Moi, je ne connais pas d'animal qui soit aussi mal élevé !

Les animaux qui crachent

Colette se trompe, le lama n'est pas seul à cracher, tous les Camélidés le font : les chameaux, les dromadaires, la vigogne et le guanaco. Mais dans la nature, il y a des crachats bien plus dangereux…

… par exemple, le *cobra cracheur* d'Afrique du Sud crache son venin, au lieu de l'injecter. Il s'en sert pour aveugler l'adversaire.

Tandis que le Toxotes, appelé *poisson archer*, vise les mouches et les moustiques en leur crachant dessus des jets d'eau ; il les fait ainsi tomber et les mange. Ce poisson vit dans les rivières froides de l'Asie méridionale.

LE PATATAMPON !

VIVE LES POMMES DE TERRE !

Sais-tu que les pommes de terre sont nées au Pérou ? Un groupe de chercheurs de l'université du Wisconsin a analysé 261 variétés de pommes de terre sauvages et 98 variétés de pommes de terre cultivées. Ils ont démontré que toutes les pommes de terre cultivées ont un ancêtre commun, qui se trouve au Pérou. Les fouilles archéologiques ont révélé que les pommes de terres furent développées à partir de variétés sauvages par les agriculteurs indigènes, il y a plus de 7000 ans.

UN PEU DE BRICOLAGE !

Demande l'aide d'un adulte pour réaliser ton tampon ! Voilà comment s'amuser avec une pomme de terre : faire un tampon ! Coupe en deux une pomme de terre pas trop grosse. Avec un feutre fin, dessine quelque chose sur la tranche (moi, j'ai fait le M de Maria et le P de Paulina). À l'aide d'un canif (là, il vaut mieux te faire aider par un adulte !) retire avec soin ce qui est autour du dessin. Essuie bien la surface. Applique de la peinture sur ton dessin à l'aide d'un pinceau et… TCHAC ! Tu as fait ton PATATAMPON !

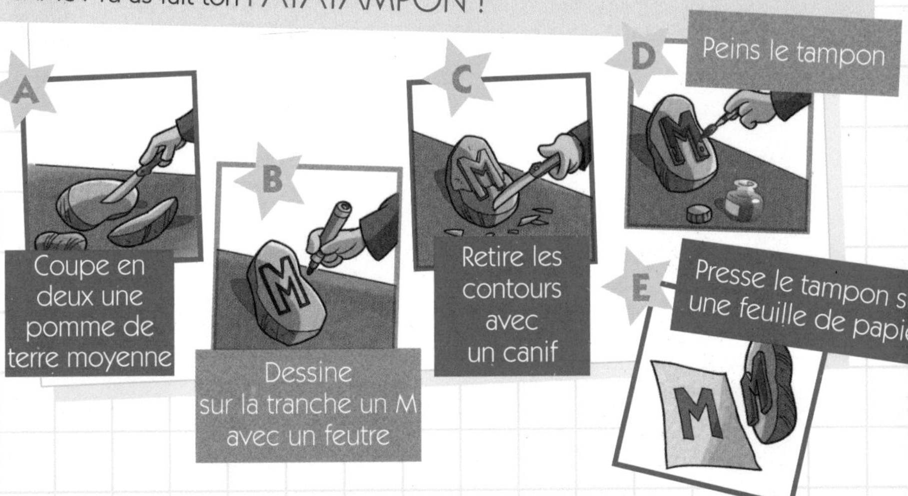

TEST ! ES-TU CHIEN, CHEVAL OU CHAT ?

DÉPART

Comment te sens-tu au réveil ?

A. En pleine forme

B. Endormie

Que réponds-tu si on te parle d'une manière agressive ?

A. Change de ton ou je m'en vais

B. Calme-toi, s'il te plaît, et parlons-en

Tu es sur une île déserte, tu commences par…

A. Explorer l'île pour savoir ce qu'il y a dessus

B. Construire un refuge

Ton énergie est comme…

A. Un vent qui emporte tout

B. Un fleuve majestueux

CHIEN

Douce, fidèle, joueuse et prête à tout pour rendre heureux ceux que tu aimes. Ta chambre est ton refuge, tu ne le partages qu'avec ceux qui ont su gagner ton amitié.

...Suis les traces et découvre avec les Téa Sisters quel animal tu es !

Comment emploies-tu ton temps libre ?

A. Je m'éclate !
B. Je me repose

A
B

Si tes amies te donnaient un prix, tu préfèrerais celui de...

A. La plus séduisante
B. La plus amusante

B
A

CHEVAL

Tu joues, tu plaisantes, tu es un vrai volcan en éruption ! Tu fais toujours mille choses à la fois, tu ne connais pas la fatigue. Mais attention : parfois tu es si pressée que tu en deviens distraite et tu ne t'aperçois pas que tes amies aimeraient un peu plus d'attention de ta part.

CHAT

Libre et élégante, mais quelquefois aussi un peu paresseuse et un peu égoïste. Tu sais ronronner quand on te caresse, mais gare à qui te marche sur la queue ! Essaie, si tu le peux, d'être plus compréhensive.

PIQUE-NIQUE PÉRUVIEN

Une idée fantasouristique pour un pique-nique pas comme les autres ?

Prépare un pique-nique à la péruvienne ! Voici quelques recettes délicieuses de la tante Nidia, à accommoder selon ta fantaisie !

Souviens-toi : pour cuisiner, fais-toi toujours aider par un adulte !

GROSSES CREVETTES AUX OLIVES

INGRÉDIENTS : 500 g de queues de grosses crevettes (ou de bouquets, ou de gambas) ; 100 g d'olives dénoyautées ; 100 ml de mayonnaise ; 2 avocats ; des crackers.

PRÉPARATION : Fais bouillir de l'eau dans une casserole avec une cuillerée à café de sel. Mets-y les crevettes et laisse frémir deux minutes. Égoutte-les aussitôt. Passe les olives au mixer et ajoute-les à la mayonnaise. Décortique les crevettes. Fais un lit de crackers, sur lequel tu disposes les avocats en morceaux ou en tranches, puis la mayonnaise aux olives et enfin les grosses crevettes.

DULCE DE LÈCHE (CRÈME DE LAIT)

INGRÉDIENTS : Un litre de lait ; 250 g de sucre ; 4 oeufs ; écorce d'un citron râpée ; essence de vanille (ou un sachet de sucre vanillé).

PRÉPARATION : Fais bouillir le lait, ajoute le sucre, laisse refroidir. Puis ajoute les jaunes, le citron et la vanille. Monte les blancs en neige, puis mélange le tout. Verse ensuite dans un moule anti-adhésif. Mets-le au four à 300°, au bain-marie, pendant 30 minutes. Sers tiède, ou même froid.

Tartines à l'avocat

INGRÉDIENTS : 4 avocats ; 1 oignon ; 50 g de fromage fondu en tranche ; pain en tranches ; 1 grande cuillerée d'huile d'olive ; 1 petite cuillerée de vinaigre ; sel ; tabasco.

PRÉPARATION : prends 4 avocats bien mûrs. Épluche-les, enlève le noyau et mets-les dans le bol du mixeur. Ajoute l'huile, le vinaigre, une pincée de sel, deux gouttes de tabasco et un oignon coupé en 4, puis mixe le tout jusqu'à obtenir une crème homogène. Tartine cette crème sur les tranches de pain. Décore chaque tartine d'une tranche de fromage. S'il te reste de la crème, ne t'inquiète pas ! tu peux la garder au réfrigérateur jusqu'au lendemain.

Un conseil : Pour éviter que le reste de crème noircisse, remets le noyau d'un avocat dedans !

Le conseil de Colette

Marcher en haute montagne, c'est magnifique !
Mais quel stress pour notre petite peau délicate !
L'air sec, le soleil, le vent…
Arrivée à Cuzco, je me suis regardée dans la glace et j'ai failli m'évanouir d'épouvante ! J'avais la peau complètement sèche !
Mais la tante de Paulina m'a préparé un « masque au fenouil ».
FA-BU-LEUX !
Mon visage est redevenu lumineux !

Masque au fenouil

(Fantastique quand on a le visage gonflé à cause du stress ou de la fatigue !)

Fais une décoction en faisant bouillir 30 g de fenouil frais dans 1/4 de litre d'eau. Filtre-la et ajoute : un jaune d'œuf, le blanc de l'œuf monté en neige, une petite cuillerée de germes de blé et une petite cuillerée de miel. Mélange bien et applique-le sur ton visage. Garde-le environ 15 minutes, avant de laver très délicatement ton visage à l'eau tiède.

S.O.S. LÈVRES !

Tes lèvres doivent être protégées avec soin et par des produits adaptés, mais rappelle-toi surtout ces 3 règles d'or :
1) NE JAMAIS te mordre les lèvres pour qu'elles aient l'air plus rouges, il pourrait s'y produire une inflammation ;
2) NE JAMAIS te lécher les lèvres pour qu'elles aient l'air plus brillantes, parce qu'elles seront ensuite encore plus sèches qu'avant ;
3) NE JAMAIS, JAMAIS, t'arracher les petites peaux quand tes lèvres sont gercées. Mets-y plutôt une crème grasse, comme du beurre de cacao.

Tu veux écrire aux Téa Sisters ?

Tu veux écrire à Paméla, Paulina, Nicky, Violet et Colette ? ? Tu veux raconter tes aventures de jeune Téa Sister ? Alors prends du papier et un stylo, et envoie ta lettre à cette adresse :

Téa Stilton
204, Boulevard Raspail
75014 PARIS

À très bientôt !

TÉA SISTERS !

TABLE DES MATIÈRES

LE MESSAGE INTERROMPU 13

TOUT COMMENÇA AINSI... 19

PLUS QUE DES AMIES ! 25

UN RONGEUR SPÉCIAL ! 29

PETITE SŒUR ! 36

ON A EN CONFIANCE EN TOI, MARIA ! 40

EN ROUTE VERS MACHU PICHU 45

NUAGES ET VAUTOURS 51

PROFESSEUR QUANTAYACAPA 56

SOUPE AU PIMENT 61

UN RONGEUR COURAGEUX ! 65

VERS LE HUAYNA PICCHU 71

SUSPENDUS DANS LE VIDE ! 78

CRIIIIEEEEEEEEEK ! 86

Au secooours ! 91
Un étrange condor... 95
Une rencontre inattendue 99
Papa ! 103
Les plans louches d'un rat louche 110
La porte du soleil 118
Une porte... sans serrure ? 124
Dans la cité secrète ! 131
Les idées les plus simples... 139
Le signe du jaguar ! 142
Pris au piège ! 145
Avant que la nuit tombe 150
La porte secrète 154
Dehors ! 157
Dans la salle du trésor 159
En vol ! 167
Une nouvelle Téa Sister ! 174
Un cadeau pour Maria ! 177
L'empire inca 179
Journal à dix pattes ! 187

Dans notre prochaine aventure...

MYSTÈRE À PARIS

Colette invite les Téa Sisters en France, pour de merveilleuses vacances à Paris. Mais bien vite les vacances se transforment en un mystère à résoudre ! En effet, la veille d'un important défilé de mode, la collection d'une jeune styliste, une amie de Colette, disparaît. Quel secret se cache derrière ce vol ? Et qui est le mystérieux voleur, capable d'apparaître et de disparaître tel un fantôme ? Pour le découvrir, les Téa Sisters seront entraînées dans une incroyable chasse au voleur à l'ombre de la Tour Eiffel.

Geronimo Stilton

DANS LA MÊME COLLECTION

1. Le Sourire de Mona Sourisa
2. Le Galion des chats pirates
3. Un sorbet aux mouches pour monsieur le Comte
4. Le Mystérieux Manuscrit de Nostraratus
5. Un grand cappuccino pour Geronimo
6. Le Fantôme du métro
7. Mon nom est Stilton, Geronimo Stilton
8. Le Mystère de l'œil d'émeraude
9. Quatre Souris dans la Jungle-Noire
10. Bienvenue à Castel Radin
11. Bas les pattes, tête de reblochon !
12. L'amour, c'est comme le fromage...
13. Gare au yeti !
14. Le Mystère de la pyramide de fromage
15. Par mille mimolettes, j'ai gagné au Ratoloto !
16. Joyeux Noël, Stilton !
17. Le Secret de la famille Ténébrax
18. Un week-end d'enfer pour Geronimo
19. Le Mystère du trésor disparu
20. Drôles de vacances pour Geronimo !
21. Un camping-car jaune fromage
22. Le Château de Moustimiaou
23. Le Bal des Ténébrax
24. Le Marathon du siècle
25. Le Temple du Rubis de feu
26. Le Championnat du monde de blagues
27. Des vacances de rêve à la pension Bellerate
28. Champion de foot !
29. Le Mystérieux Voleur de fromages
30. Comment devenir une super souris en quatre jours et demi
31. Un vrai gentilrat ne pue pas !

32. Quatre Souris au Far-West
33. Ouille, ouille, ouille... quelle trouille !
34. Le Karaté, c'est pas pour les ratés !
35. Attention les moustaches... Sourigon arrive !
36. L'Île au trésor fantôme
37. Au secours, Patty Spring débarque !
38. La Vallée des squelettes géants
39. Opération sauvetage
40. Retour à Castel Radin
41. Enquête dans les égouts puants
42. Mot de passe : Tiramisu
43. Dur dur d'être une super souris !
44. Le secret de la momie
45. Qui a volé le diamant géant ?

- Hors-série

  Le Voyage dans le temps (tome I)
  Le Voyage dans le temps (tome II)
  Le Royaume de la Fantaisie
  Le Royaume du Bonheur
  Le Secret du Courage
  Énigme aux jeux Olympiques

- Téa Sisters

  Le Code du dragon
  Le Mystère de la montagne rouge
  Mystère à Paris
  Le vaisseau fantôme
  New York New York

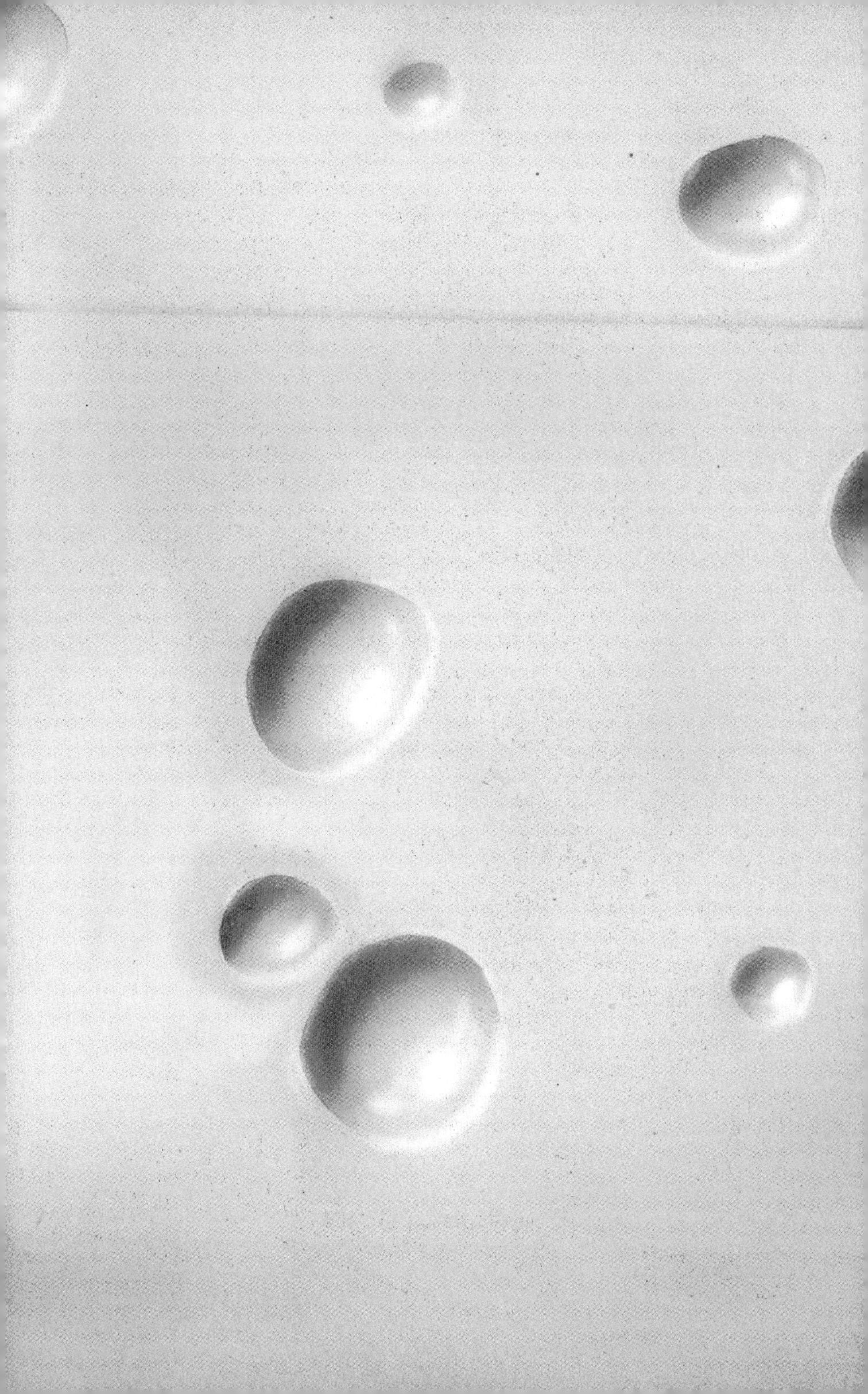

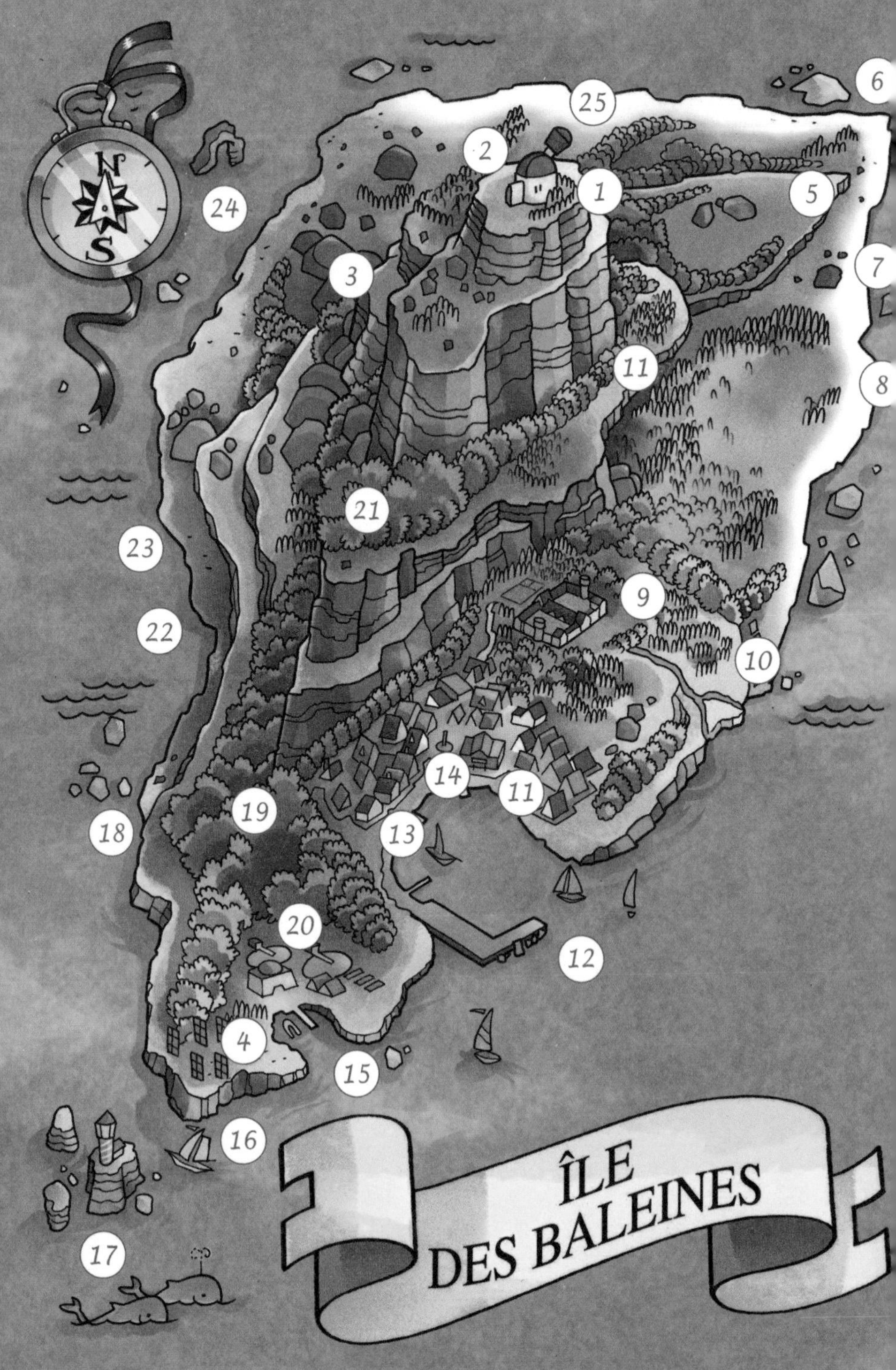

N
S
1
2
3
4
5
6
7
8
9
10
11
11
12
13
14
15
16
17
18
19
20
21
22
23
24
25
ÎLE
DES BALEINES

L'île des Baleines

1. Pic du Faucon
2. Observatoire astronomique
3. Mont Ébouleux
4. Installations photovoltaïques pour l'énergie solaire
5. Plaine du Bouc
6. Pointe Ventue
7. Plage des Tortues
8. Plage Plageuse
9. Collège de Raxford
10. Rivière Bernicle
11. *L'Antique Cancoillotterie*, restaurant et siège des *Messageries Ratiques – Transports maritimes*
12. Port
13. Maison des Calamars
14. *Zanzibazar*
15. Baie des Papillons
16. Pointe de la Moule
17. Rocher du Phare
18. Rochers du Cormoran
19. Forêt des Rossignols
20. Villa Marée, laboratoire de biologie marine
21. Forêt des Faucons
22. Grotte du Vent
23. Grotte du Phoque
24. Récif des Mouettes
25. Plage des Ânons

Au revoir,
à la prochaine aventure !

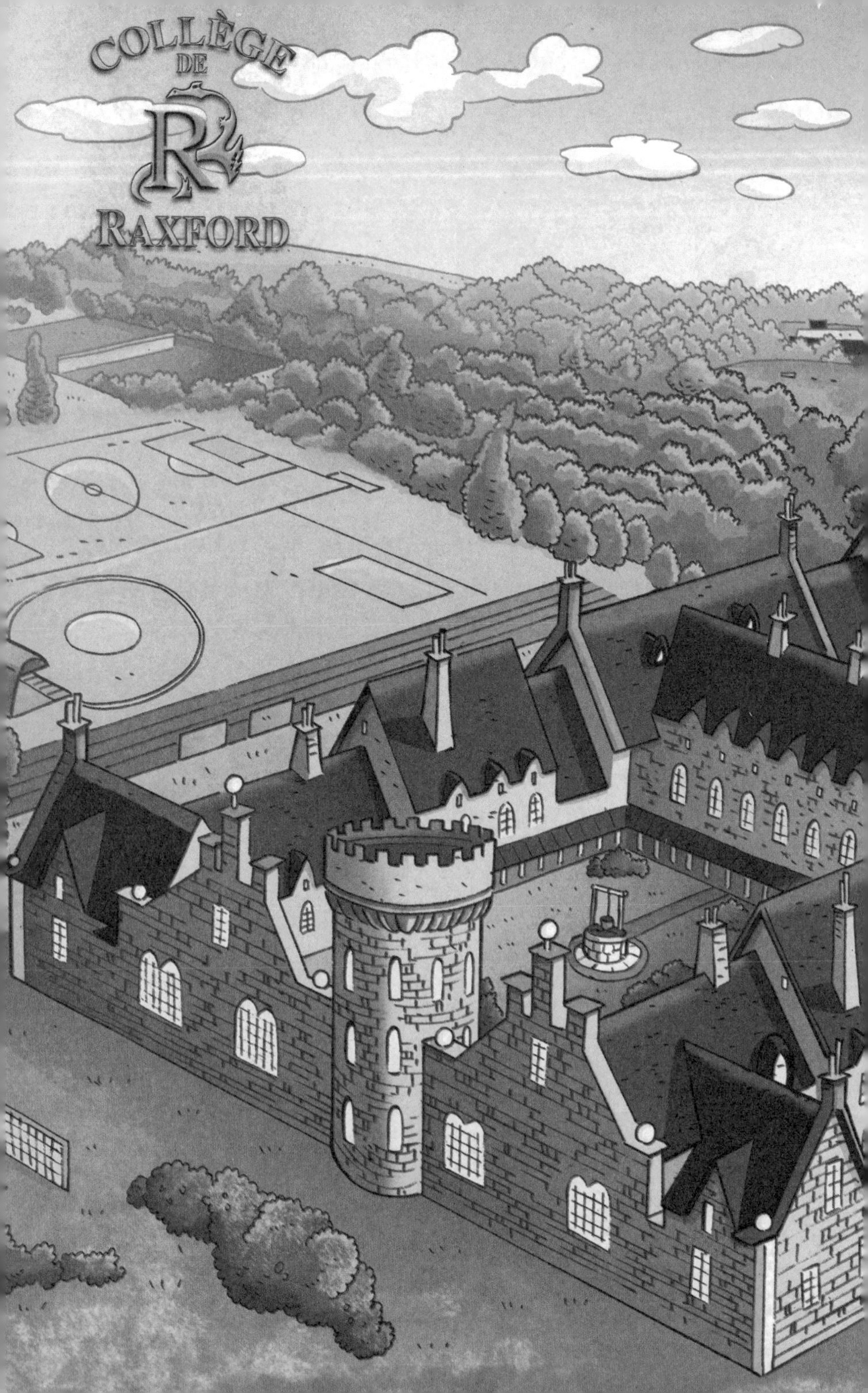
COLLÈGE
DE
R
RAXFORD